KB039630

마음속에
답이 있어

마음속에
답이 있어

김토끼 에세이

자화
상

결말은 이미 정해져 있어.

너는, 잘하고 있고
앞으로도 잘 해낼 거야.

①
사랑하는 이를 대하듯 나를 사랑하세요
관계의 법칙

②

비로소 맞이할 반짝이는 당신의 날들을 위하여

샐리의 법칙

③

지나갈 외로움, 다가올 로맨스

연애의 법칙

행복의 법칙

1

사랑하는 이를 대하듯
나를 사랑하세요

관계의 법칙

"성격이 정말 좋으신 거 같아요."

이 말을 들은 후부터

그 사람에게는 더 좋은 사람이 되어주고 싶었고

"예쁘다는 말 많이 들으실 거 같아요."

라는 말을 듣고서는 그 사람에게

더 예쁜 사람이 되어주고 싶었다.

인간관계는 자기 자신을 비추는

거울과도 같다는 말을

들은 적이 있다.

내가 그 사람에게 좋은 말을 하면

그 사람도 나에게 좋은 말을 하려고 노력하고

내가 그 사람에게 좋은 행동을 하면

그 사람도 나에게 좋은 행동을 하려고 노력한다.

내가 상대에게 어떤 말을 하고

어떤 행동을 하느냐에 따라

그 사람도 나를 어떻게 대할지 결정한다는 거다.

그러니까,

좋은 친구를 사귀고 싶고

좋은 사람을 만나고 싶고

좋은 관계를 맺고 싶다면

좋은 마음으로 그 사람에게 다가가야 한다.

누군가에게 좋은 마음으로 다가간다면

그 사람 또한 나에게 좋은 사람이 되어줄 테니까.

적당한
거리
유지

책방에서 일했을 때

사장님이 내게 이런 말을 한 적이 있다.

"토끼 씨는 손님들한테 조금 덜 친절한 편이 나을 거
같아."

그게 무슨 말이지?

손님들한테는 무조건 친절해야 하는 거 아닌가?

1 관계의 법칙

이해가 가지 않았다.

"친절하지 말라는 건가요?"
"불친절하라는 게 아니야. 토끼 씨는 너무 과하니까,
조금 다운시켰으면 좋겠다는 거지.
내 말 무슨 뜻인지 알지?"

대충 고개를 끄덕거렸지만 사실 그때는 알지 못했다.

왜 그래야 하는지 이유를 알지 못한 채 사장님의 조언
대로 손님들에게 조금 덜 친절하게 응대하기 위해 노
력했던 것으로 기억된다.

그 말의 의미를 이제는 안다.

카페나 식당에 갔을 때
친절한 직원을 만나게 되면 기분이 좋아진다.

하지만 그가 우리에게

지나치게 친절하거나 과도한 관심을 보이면

어쩐지 좀 부담스럽게 느껴질 때가 있다.

백화점이나 옷가게에서

혼자 조용히 구경을 하고 싶은데

직원이 옆에 딱 붙어서

옷에 대해 설명해주고 추천해줄 때

불편함을 느끼는 경우도 마찬가지다.

덜 친절한 편이 나을 것 같다는 사장님의 말은

아마도 과도한 친절로

손님을 불편하게 하지 말라는 의미였으리라.

친절이 지나치면 상대는 부담을 느끼고

관심이 지나치면 상대는 불편을 느끼기 마련이다.

어쩌면 관계에서 가장 중요한 건 타인에 대한

친절이나 관심이 아닌,

'적당한 거리 유지'인지도 모르겠다.

친한 동생을 오랜만에 만났다.

학창시절 워낙 아끼고 좋아했던 동생이라

맛있는 걸 사주고 싶은 마음에

비싼 고깃집에 동생을 데리고 갔다.

하지만 어쩐 일인지 동생은 고기를 잘 먹지 않았다.

고기를 구워서 접시에 올려주어도

젓가락으로 밑반찬들만 깨작거리고 있을 뿐이었다.

배가 별로 안 고픈가?

동생에게 맛있는 걸 사주고 싶어 데리고 간 곳인데
동생이 잘 먹지 않아 살짝 속이 상한 채 고깃집을 나와
우리는 후식을 먹기 위해 카페에 갔다.

그런데 비싼 고기는 먹는 둥 마는 둥 했던 동생이,
카페에서 커피와 곁들여 먹을 생각으로 주문한 빵을
너무 맛있게 잘 먹는 것이었다.

배가 안 고팠던 게 아니었어?

의문은 그날 저녁 집으로 돌아온 후에야 풀렸다.

— 언니, 아까 말 못 했는데

나 사실 요즘 고깃집에서 알바 해.

고기 냄새만 맡아도 질려서ㅠㅠ

다음에는 고기 말고 다른 거 먹자.

그때는 내가 쏠게♥

맙소사.

그러면 그렇다고 진작 말을 하지.

아니, 동생은 말할 수 없었을 거다.

동생에게 물어보지도 않고

내가 혼자 들떠서

동생을 그곳에 데리고 간 것이었으니까.

비싸고 유명한 곳이라면 누구나 좋아할 거라고 생각했다.

내가 좋아하고 내가 맛있어하는 걸

동생도 좋아하고 맛있어할 거라고
당연히 그렇게 생각했다.

하지만 그건 잘못된 생각이었다.

　상대가 좋아하는 걸 해주고 싶고,
　상대가 좋아하는 걸 보고 싶었다면,
　그 사람이 무엇을 좋아하는지
　먼저 물어봤어야 했던 건데.

누군가에게 좋은 선물을 해주고 싶다면

그 사람이 좋아하는 걸 줘야 해요.

내가 좋아하는 걸 주는 게 아니라.

나의 불행에 지나친 호기심을 보이는 친구가 있었다.

평소에는 연락도 잘 안 하다가

내가 불행한 순간에는 어김없이 나타나

질문 세례를 퍼붓곤 했던 친구.

너 회사 그만뒀다며, 왜 그만둔 거야? 짤린 거야?

남자친구랑은 왜 헤어졌어? 네가 찼어? 아님 차였어?

인스타 봤는데 걔는 왜 언팔 했어? 둘이 싸웠어?

카톡 프사는 왜 내렸어? 무슨 안 좋은 일 있는 거야?

궁금하니까 얼른 말해봐.

내가 취업을 했을 때, 연애를 시작했을 때,

카톡이나 인스타에 예쁜 사진을 업로드했을 때,

나에게 좋은 일이 있을 때는 연락 한 통 없다가

내가 불행한 순간에는 어김없이 나타나서

나의 불행에 대해 궁금해하고,

왜 이럴까, 싶을 정도로 집요하게 꼬치꼬치 캐묻는 친구.

나쁜 의도는 없을 거라고

내가 예민한 거라고 생각하려 해도

어쩐지 마음이 불편하고 찝찝하고.

왠지 내 불행을 즐기고 있는 느낌이 드는 건

나의 착각인 걸까?

1 관계의 법칙

착각이 아니다.

나의 불행은 그 친구에게 즐거움이고
흥미진진한 가십거리일 뿐이다.

그 친구는 앞으로도 나에게 불행한 일이 있으면
나의 기분이나 감정은 상관없이
언제든 나의 불행에 대해 떠들 준비가
되어 있는 사람이다.

아닐 거야, 부정하지 말고
서서히 그 사람과 멀어지자.

진짜 친구는.
나의 불행을 '흥미로운 가십거리'로 취급하지 않는다.

지
나
친

우
울

하루에도 수십 번씩 우울해지는 사람이 있다.

"나 오늘 우울하니까 아무것도 안 할래."

"우울하니까 아무것도 시키지 마."

"우울하니까 나 건들지 마."

"우울하니까 오늘은 내가 하자는 대로 해."

우울을 이유로

본인에게 모든 걸 맞춰주길 바라고

본인의 일을 다른 사람에게 떠넘기고

본인 하고 싶은 대로 행동하려는 사람.

당신 주변에도 분명 있을 거다.

착한 당신은 오늘도 그들의 우울함 때문에

당신 자신을 희생하고 있는지도 모른다.

그 사람이 너무 우울해해서,

그 사람이 너무 우울해하니까,

그 사람이 해야 할 일을 대신 해주고,

그 사람의 뜻에 따라 맞춰주고, 양보하고, 참아주고,

그래서, 당신의 마음은 지금 무사한가요?

그 사람을 정말 위한다면

그 사람의 뜻에 따라 무조건 맞춰주려고 하지 말고,

무언가를 대신 해주려고 하지 말고,

그 사람에게도 가르쳐줘야 한다.

지나친 우울은, 주변 사람을 병들게 한다는 것을.

그건, 옳지 않다는 것을.

당신을 희생하면서까지

누군가에게 양보하고, 참아주고, 맞춰주지 않아도 된다.

당신의 마음이 병드는 일 없이

건강하고 편안해지기를.

타협하지
않을 용기

내가 일하는 카페에 자주 와서 좀 친해진 손님이 있었다.

항상 라떼를 드시는 손님이었는데,

어느 날 라떼를 주문하시며 일회용 나이프와

포크를 함께 달라고 하셨다.

라떼를 마실 때 포크를 사용하는 분은 없기에

의아하게 생각하고 있었는데,

1 관계의 법칙

알고 보니 외부에서 빵을 포장해 와서

라떼와 함께 드시고 계셨다.

규정상 외부 음식은 반입 금지이지만

얼마나 출출하시면 그러실까 싶어 그냥 넘겼다.

손님은 다음 날도, 그다음 날도,

외부에서 빵을 사와 라떼와 함께 드셨고

비슷한 류의 빵을 우리 카페에서도 판매하고 있었기에

나는 잠시 고민에 빠졌다.

하지만 고민만 하다가 그날도 결국 말하지 못했다.

너무 야박하게 보일 것 같기도 하고

혹시라도 손님이 컴플레인을 걸까 봐 무섭기도 했다.

그렇게 상황을 넘겼는데

그다음 날은 손님이 김밥을 포장해오셨다.

여느 날과 다름없이 손님은 매장에서 김밥을 드셨고
나는 또다시 갈등을 하던 중이었다.

외부 음식을 드시면 안 된다는 걸
손님에게 말씀드려야 하나?

그러던 찰나, 홀에 있던 또 다른 손님이 내게 와서
김밥 냄새가 심하니 제제를 해달라고 하셨고
김밥 손님으로 인해 주변에 있는 다른 모든 손님들이
불편해하고 있다는 걸 나는 그제야 인지했다.

이후, 손님에게 규정상 외부 음식 반입이 금지되어 있
다는 것과 김밥은 냄새가 나는 음식이기 때문에
취식이 불가하다는 것을 설명해드렸다.

불쾌해하시면 어쩌나 걱정한 것과 달리
손님은 사과를 하시며 부랴부랴 김밥을 치웠다.

1 관계의 법칙

그리고 그다음 날부터는 외부 음식을 가져오지 않았다.

　괜히 껄끄러운 관계가 되는 게 싫어서
　적당히 타협하려고 했다.

친한 손님에게 불편한 말을 하고 싶지 않아서,
먹는 걸로 뭐라고 하기가 야박해 보여서,
혹시라도 손님의 심기를 거스르게 될까 봐
걱정이 되어서,
덜컥 컴플레인이 걸릴까 불안해서,

　하지만 그건 얼마나 무책임한 행동이었는지.

친한 손님과의 관계를 걱정하며
불편한 상황을 보고도 못 본 척 상황을 묵인한 결과
그 손님을 제외한 다른 모든 손님들을 불편하게 만드는
상황을 초래했다.

이 일을 겪은 후,

다시 한 번 나 자신을 되돌아보게 되었다.

미움받지 않기 위해 그동안 나는 얼마나 많은 순간을

이렇게 타협하며 살아온 걸까.

잘못된 걸 알면서도, 아닌 걸 알면서도,

관계가 무너질까 봐,

괜히 말했다 어색해질까 봐,

불편한 사이가 될까봐.

미움받지 않기 위해,

모두와 좋은 관계를 유지하기 위해

적당히 타협했던 적이 많았다.

그리고 나는 지금에서야 이런 의문이 든다.

내가 타협했던 수많은 순간들이

과연 진심으로 상대를 위한 것이었을까?

　　그 순간, 관계가 조금 불편해지더라도

　　아닌 건 아니라고 제대로 알려주고

　　잘못된 건 잘못되었다고

　　바로 잡아줘야 했던 게 아닐까.

상대를 위해서도,

나를 위해서도.

"세상을 살아가려면

적당히 타협하는 법을 배워야 해."

"맞아. 적당히 타협하는 건 중요해.

하지만 그보다 중요한 건

자기 자신을 속이지 않는 일이야."

갑자기 변한 이유

밝고 활발하던 친구가 어느 날 갑자기 잘 웃지 않을 때,

평소 장난기 많던 친구가

장난을 쳐도 받아주지 않고

그동안 자주 했던 농담에도

지나치게 예민한 모습을 보일 때,

무슨 일 있나 이유를 물어봐도 말해주지 않고

안 그러던 친구가 갑자기 다른 모습을 보일 때,

우리는 종종 실망을 한다.

"갑자기 왜 저래?"

의문은 이내 "쟤 변했네."로 바뀌고

변한 그 모습이 적응이 되지 않아

점점 친구를 멀리하게 되는 경우도 있다.

친구는 왜 갑자기 변해버린 걸까?

변한 게 아니다.

사람은 쉽게 변하지 않는다.

그 사람 특유의 따뜻함, 다정함, 상냥함 같은 것들은

한순간에 사라지는 게 아니다.

어느 날 갑자기 친구가

평소와는 다른 모습을 보인다면,

그 사람은

어떤 상황으로 인해,

어떤 누군가로 인해,

크게 상처 받았을 가능성이 높다.

친구는 변한 게 아니라

상처를 치료할 시간이 필요한 것이다.

"쟤 변했네." 실망하며 돌아서지 말고

친구가 상처를 회복할 수 있도록,

혼자서 생각을 정리할 수 있도록,

친구를 끝까지 믿어주고 응원해주자.

당신의 소중한 친구가 갑자기 변했다면

분명, 그럴만한 이유가 있을 거다.

안 괜찮지만, 괜찮아

요즘 들어 안 괜찮은데 괜찮다고 말하는 사람을 자주
만나게 된다.

얼굴에 수심이 가득하고
어딘가 아파 보이고
분명 무슨 일이 있는 것 같은데,
괜찮지 않은 게 확실한데,
애써 괜찮다 말하며 웃어 보이는 사람들.

1 관계의 법칙

그들이 그렇게 말하는 건
'더 이상 어떤 것도 묻지 말아 달라'는 신호다.

아픔을 숨기는 이유는 저마다 다르다.

주변 사람들에게 걱정을 끼치고 싶지 않아서,
관심이 너무 부담스러워서,
말할 수조차 없는 너무도 큰 슬픔이어서,

　　저마다의 이유로 괜찮지 않은 상황에서도
　　괜찮다, 말하곤 한다.

그러니까, 당신의 앞에서 애써 괜찮다 말하며
웃어 보이는 사람이 있다면
궁금해하거나 서운해하지 말고
그 사람이 스스로 아픔을 이겨내고 일어날 수 있을 때
까지 충분한 시간을 주고 기다려주길 바란다.

당신의 선한 마음을 알기에

힘들고 괴로운 순간에도

그 사람은 애써 웃어 보이며 '괜찮다' 말하는 것이니까.

1 관계의 법칙

빌런을 만났을 때

빵집에서 잠깐 일을 했을 때 이상하게
나를 싫어하는 언니가 있었다.

내가 스트레스로 살이 좀 빠졌을 땐,
"너 살 빠지니까 더 못생겨 보이는 거 알지?"

다시 살이 좀 쪘을 땐,
"차라리 살 안 쪘을 때가 더 나은 거 같아."

어떻게 대답을 해야 할지 몰라 가만히 있으면,

상처 받지 마.

나 원래 솔직하잖아.

다 장난인거 알지?

그렇게 말하고는 세상 쿨한 척 웃으며 돌아서던

언니의 뒷모습을 오랜 시간이 흐른 지금까지도

기억하고 있다.

한때는 그 사람이 그러는 이유를

나에게서 찾으려고 했다.

나한테 왜 이러지?

내가 뭘 잘못했나?

아니면 내가 정말 그렇게 못생겼나?

고민하다 보니 그 사람 말이 진짜 맞는 것 같아서

1 관계의 법칙

괜히 우울해지고 자존감도 낮아지고

그 언니 앞에만 서면 주눅이 들고

몸이 잔뜩 얼어붙곤 했다.

"신경 쓰지 마. 저 언니 원래 저래."

그때, 같은 타임에 일을 하던 친구가 나를 위로해주었다.

알고 보니 빵집에는 나 말고도 언니로 인한 피해자들

이 많았다.

살다 보면 우리는 종종 빌런을 만나게 된다.

영화나 드라마에서 아무 이유 없이

주인공을 싫어하고 괴롭히고 질투하는

빌런이 등장할 때 '과연 저런 사람이 진짜 있을까?'

현실성이 없다고 생각했는데

때로는 현실에서도 그런 사람이 있더라.

내가 잘못해서가 아니다.

내가 부족해서가 아니다.

웃으면서 꼽주고 이유 없이 사람을 싫어하고

자기보다 약한 사람을 괴롭히면서 희열을 느끼는

그런 이상한 인간들이 간혹 있다.

저 사람이 나한테 왜 저러나,

내가 뭘 잘못했나, 마음 졸이지 말고

저 인간은 원래 저런 인간이었지, 체념하고 피해 가자.

여느 영화에서 그러하듯

빌런은 적이 많고, 어차피 스스로 자멸하게 되어 있다.

눈치가 없다는 걸 무기처럼 사용하던 친구가 있었다.

내가 남자친구와 헤어져서 울고 있을 때,

시험을 망쳐서 우울해하고 있을 때,

면접에 떨어져서 걱정하고 있을 때,

"너 남자친구한테 차였다며? 왜 차인 거야?"

"너 이번에 시험 망쳤다며? 나는 A+ 받았는데."

"또 떨어졌어? 너보다 스펙 좋은 애들이 많았나 보다."

슬그머니 다가와 아무렇지 않게

내 속을 긁어대는 말을 하곤 했던 친구.

그러다 내 표정이 안 좋아지면,

"나 원래 눈치 없잖아. 네가 이해해."

눈치 없는 게 큰 무기라도 되는 듯하던 친구.

과연 눈치가 없는 걸까?

물론, 진짜 눈치가 없는 거일 수도 있다.

　　하지만 의도가 무엇이든

　　실수를 했다면 사과가 뒤따라야 한다.

눈치 없는 척, 모르는 척,

타인의 상처를 들쑤시고 불행을 떠벌리고.

　　　　　　　　　　1 관계의 법칙

그건, 실수가 아니라 공격이고

눈치가 없는 게 아니라 무례한 거다.

명심하자.

사람은 누구나 실수를 한다.

하지만 '실수'라는 방패와 '눈치 없음'이라는 무기로

나를 공격하는 사람이 있다면 얼른 손절하자.

그는, 친구도 무엇도 아니다.

회사를 다닐 때,

나에 대한 험담을 하고 다니는 동기가 있다는 말을

들었던 적이 있다.

그날은 하루 종일 기분이 좋지 않았다. 왜냐하면 하루

종일 그 동기에 대한 생각만 했기 때문이다.

'걔는 왜 그럴까?'

1 관계의 법칙

'내가 그렇게 미운가?'

'왜 나를 싫어하지.'

'나에 대해 뭘 안다고.'

밥을 먹으면서도, 일을 하면서도, 집에 와서 TV를 보면
서도, 하루 종일 그 동기에 대한 생각을 했다.

그래서 밥도 제대로 못 먹고, 일도 제대로 못하고,

집에 와서도 편히 쉴 수가 없었다.

그러다 밤이 되고, 잠을 자기 위에 침대에 누워서야

오늘 하루 종일 쓸데없는 고민만 했다는 걸 알게 됐다.

누군가 나에 대해 안 좋은 이야기를 하고 다니는 건

분명 속상한 일이다.

하지만 사실이 아닌 이야기들에

내가 일일이 신경 쓰고, 반응하며,

소중한 나의 인생을 낭비할 필요는 없다.

내가 그 동기 때문에 전전긍긍 혼자서 아무리 스트레스 받아봤자 그 동기는 그런 내 마음을 모른 채 밥만 잘 먹고 잠만 잘 잔다.

고민하고 생각할수록 나만 손해일 뿐,
상황은 아무것도 달라지지 않는다.

　　차라리 관심을 주지 말자.
　　나를 싫어하는 사람에게 해줄 수 있는
　　최고의 복수는 무시다.

그 사람이 그렇게 험담을 하고 다니는 이유는
내가 그 사람에게 어떤 실수를 했거나,
어떤 잘못을 했기 때문이 아니라
그 사람은 누군가의 험담을 하지 않으면
타인과의 대화가 불가능한 불쌍한 사람이기 때문이다.

그러니까 저 사람이 나한테 왜 그럴까, 속상해하지 말고 저 불쌍한 인간은 또 저러고 있구나, 생각하고 쿨하게 넘기자.

어차피 회사를 그만두면 내 핸드폰 차단 목록에 추가될 별 볼 일 없는 인간일 뿐이다.

학원에서 만난 친구가 내게 고민을 털어놓았다.

"나 인스타그램 잠깐 비공개 할까 생각 중이야."

"왜?"

"공부해야 하는데 계속 방해가 돼서. 사진도 올리고 싶
고 댓글도 달고 싶고 한번 하기 시작하면 시간 가는 줄
모르고 내가 하루 종일 그러고 있더라구."

평소 인스타그램을 열심히 하던 친구라

갑자기 비공개를 한다는 게 좀 의문스러웠는데

그런 이유라면 이해가 갔다.

공부에 방해가 되면 안 되지.

"그럼 비공개로 해놓는 게 좋을 거 같아."

"그치? 근데, 인스타 매일매일 하다가 갑자기 비공개로

하면 기분이 좀 이상할 거 같아."

"처음에만 그렇고 익숙해질 거야. 우선은 시험이 더 중

요하니까."

"아니야, 나한테는 인스타도 중요해."

"??"

"나한테 인스타가 얼마나 소중한지 너도 알잖아."

"??"

"아무리 생각해도 비공개는 좀 아닌 거 같다. 그냥 계

속 인스타 할래."

"??"

어쩌라는 거지?

살짝 이상하긴 했지만 그냥 좀 우유부단한 아이구나
생각했다.

이런 사람을 답정너라고 한다는 걸 그때는 몰랐다.
그래서 이후로도 그 친구가 고민을 털어놓으면
고민을 들어주고 진지하게 해결책을 제시해주고
상담을 해주고 했다.

하지만 그러다 보니 한 가지 문제가 생겼다.

내가 제시한 해결책이 친구가 원하는 답일 경우
대화는 빠르게 종결됐지만,
친구가 원하는 답이 아닐 경우
대화는 계속 겉돌거나 도돌이표로 이어졌고,
그 과정에서 나는 필요 이상의 스트레스를 받아야 했다.

고민이 있는 척 이야기를 꺼내지만

친구에게는 사실 마음속에

자신이 원하는 답이 이미 정해져 있었고

나의 의견을 묻는 척 이야기하지만

사실 자신이 원하는 답을 내가 해줄 때까지

기다리고 있었다.

몇몇의 답정너를 만난 후 깨닫게 된 게 있다.

진지하게 들어주지 말 것. (어차피 상대도 진지하지 않다.)

해결책을 제시하려 하지 말 것. (대화가 더 길어질 뿐이다.)

하나하나 반박하며 설득하려고 하지 말 것. (굳이 논쟁

을 할 필요는 없다.)

　　마음속에 이미 답을 정해놓고 있는 사람은

　　무슨 이야기를 해도 듣지 않는다.

그냥 원하는 답을 해주자.

그 사람 때문에 나의 소중한 시간을, 감정을, 낭비할 필요는 없다.

착하게 거절하지 말고
현명하게 거절해

나는 거절을 잘 못한다.

어쩌다 거절을 해야 하는 상황이 오더라도

상대의 기분이 상하지 않게 최대한 배려하면서

좋게좋게 거절을 하려고 하는 편이다.

그러다 보니 거절에 실패(?)를 하게 되는 경우가 종종

생기곤 했다.

거절을 했는데도 상대로부터,

"진짜 안 돼?"

"다시 한 번 생각해 봐. 그래도 안 돼?"

"내가 이렇게 부탁을 하는데도? 진짜?"

이런 말을 듣게 되는 경우가 많았고

상황이 거기까지 되면 또다시 거절을 하는 건 힘들어

결국에는 상대가 원하는 걸 들어주게 되었다.

하지만 우리는 전지전능한 신이 아니다.

타인의 요구를 모두 수용할 수 없고

때로는 현명하게 거절을 할 줄도 알아야 한다.

너무 미안해서,

너무 안타까워서,

계속 친한 사이로 남고 싶어서,

착한 마음에 어영부영 소심하게 하는 거절은

1 관계의 법칙

상대에게 또 다른 부탁의 빌미를 제공할 뿐이다.

상대는 좋게좋게 넘어가려는 당신의 착한 마음을 파고
들어 이후에는 당신이 절대 거절하지 못할 더욱 확실
한 명분을 내세울 거다.

무조건 착하려고 하지 말고 현명하게 거절하자.
착한 거절이 통하지 않는 사람에게는
냉정하고 단호해질 필요가 있다.

당신을 위해서도,
상대를 위해서도.

거절을 무서워하지 마라.

한 번의 거절로 무너질 얄은 관계라면
그 관계는 애초에 제대로 된 관계가 아니다.

따뜻한 말 한마디

누가 "나 힘들어." 하고 말하면
"야 엄살 부리지마, 그건 힘든 것도 아니야."라고 하고
누가 "나 진짜 너무 우울해." 하고 말하면
"너는 맨날 우울하다고 하더라, 그것도 병이야."라고 말
하는 사람이 있다.

나에게도 그런 친구가 있었다.

"너는 의지가 너무 약해."

"세상에 너보다 더 힘든 사람 많아."

"너 지금 힘든 거 아니야, 너는 지금보다 더 힘들어봐
야 돼."

내가 힘들거나 우울할 때마다 모진 말들로

내게 상처를 주곤 했던 친구.

그 모든 말들이 마음의 상처가 됐지만

그래도 친구니까, 모든 게 나를 위해서 하는 말일 거야,

애써 그렇게 생각을 하며 참고, 견디고, 그 상황을 버텼다.

그러던 어느 날 그 친구가 내게 말했다.

"나 요즘 너무 힘들고 우울해."

순간, 그 친구가 내게 했던 모진 말들이 내 머릿속을

스치고 지나갔다.

친구가 내게 했던 모진 말들을

나도 친구에게 해줘야 하나?

하지만 나는 차마 그 말을 친구에게 하지 못했다.

친구의 마음이 다칠까 봐.

진짜 친구는

내가 힘들고 아플 때,

삶에 지쳤을 때,

함부로 나를 비난하지 않는다.

너를 위해서 하는 말이야, 라는 핑계로

가뜩이나 힘든 사람을 모진 말로 다그치지 않는다.

그제야 조금 알 것 같았다.

친구라고 생각했지만

이 아이는 나를 진짜 친구로 생각했던 게 아니었구나.

　　　　　　　　　　　　1 관계의 법칙

이후, 이사를 가게 되면서 자연스럽게

그 친구와는 멀어지게 되었고

나에게는 몇몇의 새로운 친구가 생겼다.

"나 힘들어." 하고 말을 하면

"너도? 나도 요즘 힘들어 죽을 것 같아." 공감해주고

"나 요즘 우울해." 하고 말을 하면

"무슨 일이야, 우리 얼른 만나." 진심으로 걱정해주고

위로해주는 그런 따뜻한 친구들이.

요즘은 다들 힘들다고 한다.

모두가 힘든 상황에서 다른 사람을 위로한다는 것이

얼마나 피로한 일인지 안다.

하지만 당신이 힘들었던 과거에

누군가의 따뜻한 위로가 당신에게 큰 힘이 되었듯

당신의 소중한 친구도 지금 이 순간

당신의 따뜻한 말 한마디를 기다리고 있는지도 모른다.

우리가 살아가는 이 세상이

서로가 서로를 위해

따뜻한 말 한마디를 해줄 수 있는

그런 따뜻한 세상이었으면 좋겠고

이 글을 보고 있는 당신 또한

그런 따뜻한 사람이었으면 좋겠다.

2

비로소 맞이할 당신의
반짝이는 날들을 위하여

샐리의 법칙

퇴근하는 길에 갑자기 비가 와서 편의점에서 비닐우산을 한 개 샀다. 우리 집에는 오늘 산 것과 비슷한 비닐우산이 여러 개 있다.

돌이켜보면 늘 이런 식이었다.
내가 우산을 챙겨서 출근하는 날에는 비가 오지 않고 우산을 깜빡한 날에는 비가 온다.
잠시 스칠 소나기라 생각하며 우산을 사지 않으면 비

는 절대로 그치지 않고 결국 우산을 사서 집으로 돌아올 때쯤이면 비가 점점 잦아든다.

이상하게 나는 늘 운이 없고
나에게는 늘 안 좋은 일만 일어나고
인생은 늘 내 뜻대로 되지 않는다고 생각했다.

하지만 곧 그 생각이 잘못됐다는 걸 깨달았다.

만약 내가 출근하기 전에 오늘 일기예보를 미리 확인했다면 어땠을까. 요즘처럼 날씨가 오락가락할 때는 언제 비가 올지 모르니 작은 우산을 가방에 미리 챙겨두었다면 어땠을까.
나는 운이 없는 사람이 아니라 그저 준비성이 조금 부족했던 사람이 아닐까.

행운은 준비된 사람에게 온다는 말을 들은 적이 있다.

로또 1등 당첨자에게 어떻게 그렇게 운이 좋으냐고 물었더니 그는 본인이 운이 좋은 사람이라 생각하지 않는다며 10년 동안 매주 로또를 샀고 이렇게 높은 금액이 당첨된 건 이번이 처음이라고 했다.

아시아 최초 EPL 득점왕을 차지한 손흥민 선수는 패널티아크 좌우 부근(일명 '손흥민 존'이라 불리는 곳)에서 슈팅을 할 때 득점률이 높은 것 같다는 축구팬들의 분석에 대해 "처음부터 그 위치에서 슈팅을 잘하지는 못했는데, 피나는 노력의 결과인 것 같다."는 말을 했다.

오늘날 세계적인 발명가로 유명한 토머스 에디슨 또한 2,000번의 연구와 2,000번의 실패 끝에 전구를 만들어 내는 데 성공했다.

그들은 단순히 운이 좋았던 게 아니다.

누군가는 로또 1등이 되기 위해

10년 동안 한 주도 거르지 않고 로또를 구매했고

누군가는 세계 최고의 축구 선수가 되기 위해

매일같이 피나는 노력을 했고

누군가는 전구를 발명하기 위해 수천 번의 실패를 딛고

다시 일어나야 했다.

사람들은 종종 말한다.

"나는 왜 이렇게 재수가 없을까."

"신은 왜 나에게만 이런 시련을 주는 걸까."

"다른 사람들에게는 쉽게 오는 기회가 왜 나에게는 오
지 않는 걸까."

"운만 좀 따라준다면 나도 잘할 수 있을 텐데, 운이 없
어 나는 늘 실패를 해."

이렇게 푸념하며 신을 원망하고 세상을 원망하곤 한다.

2 샐리의 법칙

하지만 다시 생각해보자.

당신이 늘 운이 없고
당신에게만 언제나 불행한 일들이 일어나고
당신이 마음먹은 대로 되는 게 하나도 없는 건
어쩌면 당신의 노력이 제 시기를 맞지 않아서는 아닐까.
버겁다 느끼는 그 순간에 한 번 더 딛고 일어서보자.
비로소 당신만의 운이 찾아올 것이다.

"나에게도 행운이라는 게 올까?"

"올 거야.

최선을 다한 너에게는 반드시."

그
래
도
힘
내

힘내지 않아도 된다는 말이 유행처럼 번질 때가 있었다.

힘내지 않아도 돼,

너는 이미 최선을 다했잖아,

네가 얼마나 힘든지 알기에 힘내라는 말 못하겠다,

힘내지 마, 힘내지 않아도 괜찮아.

무슨 마음인지는 알겠는데

그래도 나는 그들에게 힘내라는 말을 해주고 싶다.

힘내라는 말은 더 잘하라는 재촉이나
질책의 의미가 아니다.

당신이 그동안 얼마나 열심히 살아왔는지 알기에,
그런 당신이 무너지지 않고
지금껏 잘 버텨와준 것에 대한 위로와 응원의 의미다.

당신, 잘 버텨줘서 고맙다.

지금 힘든 것은 잠시일 뿐,
당신에게는 반드시 더 좋은 날이 온다.
그날을 생각하며 무너지지 말고
오늘 하루도 부디 힘내기를 바란다.

다
정
한

당
신

언제 어디서나 잘 웃는 사람이 있다.

이른 아침이든, 늦은 퇴근길이든,

마주치면 반갑게 웃으면서 인사를 하고

별로 웃기지 않은 이야기를 해도

잘 들어주고 잘 웃어주는 그런 사람이 있다.

그 사람에게 웃는 이유를 물으면 대개 이렇게 답을 한다.

"나는 원래 웃음이 많아."

"웃고 싶지 않아도 웃음이 많아서 어쩔 수가 없어."

아니다.

피곤한 출근 시간에도,

지친 퇴근 시간에도,

누군가와 마주치면 반갑게 웃어주고,

그저 그런 일상적인 대화 속

재미없는 이야기에도 잘 웃어주는 건,

웃음이 많아서가 아니다.

당신이 다정한 사람이기 때문이다.

바쁘고 피곤한 출퇴근 시간에도 상대를 웃게 해주고

싶어서, 주고받는 대화 속 혹시라도 상대가 불편함을 느

낄까 봐, 편안한 분위기를 만들어주고 싶어서,

상대를 무안하게 하고 싶지 않아서,

좀 더 친근하게 다가가고 싶어서,

당신이 언제 어디서나 웃어 보이는 건

당신이 언제나 상대를 배려하고 있기 때문이다.

웃음이 많다는 건,

당신이 따뜻하고, 상냥하고,

다정한 사람이라는 증거다.

쫄지 말고 하고 싶은 걸 하자

어릴 때는 새로운 일에 도전하는 게
나의 즐거움 중 하나였는데
나이가 한 살씩 들어가면서
새로운 도전을 하는 게 겁이 났다.

이 나이에 이제 와서?
실패를 하면 어떡하지?
쫄딱 망하면 어떡해?

2 샐리의 법칙

고생만 하다 끝나는 거 아니야?

괜히 시작했다가 나중에 후회가 되면?

지금도 충분히 편하고 좋은데

굳이 위험을 감수할 필요가 있을까?

나이가 들면서,

생각이 많아지면서,

도전을 더욱 망설이게 되었다.

우리나라 사람들은 일정 나이가 되면

안정된 일을 하기를 바라고

어느 정도 나이가 찼는데도 수입이 없거나

안정된 직장을 가지지 못하면

불안해하고 초조해하곤 한다.

마치 미션을 수행하는 것처럼

이 나이에는 대학을 꼭 가야 하고,

이 나이에는 스펙을 쌓아야 하고,

이 나이에는 안정적인 직장을 가져야 하고,

이 나이부터는 안정된 삶을 살아야 하고,

그렇게 하지 못했을 때

자신은 다른 사람들에 비해

부족하고 실패한 삶을 살고 있다고 생각한다.

그래서 나이가 들면서 더 현실에 안주하려고 하고

하고 싶은 게 있어도 새로운 일에 도전하는 게

쉽지가 않다.

틀린 말은 아니다.

지금 이대로도 충분히 괜찮은데

위험을 감수하고 새로운 도전을 한다는 게

바보 같을 수도 있다.

지금 하는 일에 만족하고 지금 현재의 삶에 만족한다
면 굳이 당신을 바꿀 필요는 없다.

하지만, 당신이 새로운 도전을 겁내는 이유가
지금 시작하기엔 너무 늦은 것 같아서,
나이가 너무 많은 것 같아서, 라면
그런 걱정은 잠시 접어두길 바란다.

KFC의 창업자 할랜드 샌더스는 젊은 시절
직장에서 매번 잘리고 실패하기를 반복하다
65살의 나이에 KFC 프랜차이즈를 만들었고,

세계 최고령 남자 마라토너 파우자 싱은
평범한 농부였지만 89세의 나이에 마라톤을 시작해서
102세에 은퇴하기까지 총 9번의 마라톤을 완주했다.

누군가는 60대에 새로운 일을 시작하기도 하고

누군가는 90이 다 되어가는 나이에 새로운 도전을 하기도 한다.

늦었다는 생각은 어쩌면 사실이 아닐 수도 있다.

쫄지 말고 하고 싶은 걸 해라.

당신은 아직 젊다.
그리고 늦었다고 생각하는 지금 이 순간이,
당신의 남은 인생 중 가장 빠른 시기라는 걸
잊지 말길 바란다.

조카와 함께 종이접기를 했다.

거북이 접는 법을 알려달라고 해서 천천히 알려줬는데

어린 조카가 따라 접기에는 조금 힘들어 보였다.

예상대로 거북이를 완성하기까지는 시간이 많이 걸렸다.

두 번째 거북이를 만들 때도 마찬가지였다.

세 번째도, 네 번째도, 다섯 번째도.

하지만 조카는 포기하지 않았다.

"미주야, 거북이 접는 거 안 어려워?"

"어려워."

"그럼 이제 그만 접자."

"왜?"

"어렵잖아."

조카는 잠깐 고개를 갸우뚱하더니 대답했다.

"어려우면 노력을 해야지, 포기하는 게 아니라."

"그… 그치."

나는 잠시 부끄러웠다.

어렵다고, 힘들다고, 포기하면 원하는 걸 얻지 못한다.

잊지 말자.

이 세상에 노력 없이 얻을 수 있는 건, 아무것도 없다.

나
만
의
매
력

내가 상대를 생각하는 마음이

상대가 나를 생각하는 마음과 꼭 비례하지는 않는다.

나는 친하다고 생각했지만

상대는 나를 그냥 아는 지인 정도로만 생각하거나

나는 특별한 인연이라 생각했지만

상대는 나를 그저 스치는 인연 정도로만 생각하는 경

우도 있다.

예전에는 그게 너무 억울하고 서운했다.

나만 일방적으로 마음을 주고 있다는 것이,

준 만큼 돌려받을 수 없다는 것이,

무엇보다

'내가 그렇게 매력이 없는 사람인가?'

라는 생각이 들어서 스스로에 대해 자신감도 없어지고

자존감도 많이 떨어졌다.

하지만 나이가 들면서 알게 됐다.

내가 조금 빨랐고

상대가 조금 늦을 뿐이라는 걸.

오늘 아무 감흥 없이 스친 풍경들도

내일이 되면 다르게 보일 수가 있고

그저 스치는 인연이라 생각했던 우연한 만남이

훗날 뜻밖의 기적을 만들어내는 경우도 있다.

내가 매력이 없는 사람이어서가 아니라

상대가 아직 나의 매력을 발견하지 못한 것뿐이다.

그러니까, 내가 상대를 생각하는 마음이

상대가 나를 생각하는 마음과 비례하지는 않는다고 해서

너무 억울해하거나 서운해하지 말자.

상대가 발견하지 못했다고

나의 매력이 사라지는 건 아니다.

나는 나만의 매력을 가지고 있다.

"우울해. 요새는 다 귀찮고 그냥 혼자 있고 싶어."

일이 너무 바쁘고 힘들어서 푸념을 하듯
친구들이 모인 단톡방에 이런 말을 한 적이 있다.
카톡을 보내자마자 친구들이 저마다 한마디씩을 했다.

"너 혹시 우울증에 걸린 거 아니야?"
"그럴수록 더 사람도 만나고 바깥바람도 쐬고 해야지."

"혼자 있으면 더 우울해진다?"

"그래, 너 그러다 정말 큰일 나."

"안되겠다, 우리 오늘 만나자."

"그래, 오늘 다 모여."

혼자 있고 싶어서 혼자 있고 싶다고 한 건데

왜 혼자 있게 내버려두지 않는 거지?

돌이켜보면 나도 그랬던 것 같다.

친한 친구가 시험에 떨어졌을 때,

회사 면접에서 떨어졌을 때,

남자친구와 헤어졌을 때,

너무 우울해 혼자 있고 싶다고 했을 때,

친구는 혼자 있고 싶어 했지만 혼자 내버려둘 수가 없

었다. 혹시라도 친구가 잘못될까 봐 걱정이 되어서.

우리는 소중한 사람을 지키고 싶은 마음에
그들이 우울해할 때면 이런저런 조언을 해주고
그들이 '혼자' 남고 싶어 할수록 더더욱
그들과 '함께' 해주기 위해 노력을 한다.

하지만 그게 정말 그 사람을 위한 일일까?

스트레스를 받았을 때 스트레스를 해소하는 방법은
사람마다 다르다.

친구를 만나 맛있는 걸 먹고 쇼핑을 하고
대화를 통해 스트레스를 푸는 사람도 있겠지만
반대로 어떤 누구도 만나지 않고
집에서 조용히 혼자만의 시간을 보내고 싶어 하는
사람도 있다.

아무도 없는 곳에서 혼자 조용히 생각을 정리하고

에너지를 충전하는 시간이 그 사람에게는 필요한 것이다.

　정말 그 사람을 생각한다면

　그 사람이 원하는 걸 해주는 게 중요하다.

혼자 있고 싶어 하는 사람이 있다면

혼자만의 시간을 주자.

누군가 우울해할 때

그 사람에게 해줄 수 있는 최고의 위로는

"우울해하지 마."라는 말이 아니라

"그래, 요즘 많이 힘들지." 하고 공감해주고

그 사람이 나를 찾을 때까지

그 사람의 뒤에서 조용히 기다려주는 것이다.

월요일 아침 출근길에 만난 팀장님이,

주말 잘 보냈냐고 물으시기에

나는 매우 흡족한 미소를 지으며 대답을 했다.

"하루 종일 먹고, 자고, 먹고, 자고만 한 거 같아요."

"그래, 시간 낭비가 제일 재미있지."

"시간 낭비요?"

"먹고, 자고, 먹고, 자고, 시간 낭비한 거잖아."

"아… 그죠. 하하하."

대충 웃으며 대화를 마무리하고
혼자 곰곰이 생각을 했다.

시간 낭비를 한 걸까?

어릴 때부터 시간은 금이라는 말을
귀에 딱지가 앉을 정도로 들어왔다.
그리고 학교에서, 사회에서, 그리고 여러 매체들에서는
시간에 대해 이렇게들 이야기했다.
한번 지나간 시간은 다시 돌아오지 않는다,
시간을 가치 있게 써야 한다,
시간을 낭비하는 것은 인생을 낭비하는 것과 같다, 등등.

시간을 가치 있게 쓴다는 건 어떤 걸까.

2 샐리의 법칙

먹고 자는 시간을 줄이고 하루 종일 공부를 하는 것?

밤늦게까지 일을 하고도 아침 일찍 일어나는 것?

쉬는 날에도 열심히 공부하며 자기계발에 힘을 쏟는 것?

사람은 저마다 살아가는 방식이 다르고

중요하게 생각하는 가치가 다르다.

누군가에는 시간 낭비라고 생각되는 일이

다른 누군가에게는 없어서는 안 될 중요한 부분이 될

수도 있다.

바쁘고 힘든 한주를 보낸 뒤 모처럼 만의 휴일,

하루 종일 침대에서 뒹굴거리며

인스타그램에 사진을 업데이트하고,

좋아하는 게임을 하고,

유튜브를 시청하며 맥주 한 캔을 먹는 일,

이런 하루가 누군가의 눈에는 시간 낭비로 보일 수도 있겠지만 나에게는 가장 중요하고 가치 있는 순간이다.

나의 인생이고 나의 시간이다.

세상에서 가장 가치 있는 시간이란 내가 가장 좋아하는 일을 하면서 보내는 시간이 아닐까.

"그런 걸 시간 낭비라고 하는 거야."

"네, 그럼 저는 시간 낭비 좀 할게요.
세상에서 제일 재미있는 게 시간 낭비잖아요."

"저 사람, 참 좋은 사람 같아."

"저 사람은 볼 때마다 기분이 좋아."

라는 주변의 평이 듣기 좋아서,

항상 좋은 이미지로 보여지고 싶어서,

마음이 엉망진창으로 망가져버린 날에도

사람들 앞에서는 내색하지 않았다.

늘 밝고 씩씩한 사람인 척,

항상 유쾌한 사람인 척,

언제나 긍정적인 사람인 척,

다른 사람들 앞에서는 종종 이렇게 나를 포장하곤 했다.

그런데, 그렇게 하면 안 되는 거였나.

나에게는 정반대의 모습도 있다는 걸

미리 알려줬어야 했다.

혼자 있을 때는 곧잘 우울해지고

부정적인 생각을 수시로 하고

아무 이유 없이 기분이 가라앉았다가

아무 이유 없이 불안해지기도 하고

때로는 아무도 모르는 곳에서 슬픔을 꾸역꾸역 삼키기

도 하는 있는 그대로의 내 모습을 조금이라도 보여줬어

야 했다.

울고 싶은 날에는 눈물을 참고

상처 받은 날에는 상처를 숨기고

가면을 쓴 채 살아가다 보니

마음이 점점 병들어가는 것 같다.

이제는 웃고 있는데도

내가 진짜 웃고 있는 건지 모르겠고

울고 싶은데도

어떻게 울어야 할지 우는 방법을 모르겠다.

2 샐리의 법칙

노트북보다는 종이에 직접 글 쓰는 걸 더 좋아한다.
그러다 보니 볼펜을 쥘 때 힘을 주게 되는
중간 손가락만 뼈가 툭 불거진 채 못생기게 변해버렸다.

다른 손가락들은 다 괜찮은데 유독 그 손가락만 보기
가 흉해서 사람들과 함께 있을 때는 창피함에 손을 아
래로 내리거나 뒤로 숨기곤 했다.

예전에 강연을 했을 때도
못생긴 손가락에는 밴드를 두 개나 감은 채 마이크를
잡았고 강연이 끝난 후 뒤풀이를 할 때는
단상 아래로 손을 숨긴 채 사람들과 이야기를 나누었다.

"토끼야, 네 손가락 되게 멋있다."

그런데 이런 내 손을
친구는 너무 멋있고 부럽다고 했다.
손가락 모양이 달라진 건, 그만큼 글을 많이 썼다는
증거가 아니냐고.

유도나 레슬링 선수들의 귀 모양이 변하고
발레리나들의 발 모양이 변하듯이
내 손가락이 이상한 모양으로 변한 것도
열심히 글을 써온 끝에 생긴
흔적이 아니냐고 말해주었다.

2 샐리의 법칙

맞다. 유독 한 손가락만 못생기게 변해버린 건

내가 그 손가락을 유독 더 많이 찾았기 때문일 거다.

내가 모르고 있었을 뿐

가장 못생긴 손가락은 사실

내가 가장 사랑하는 손가락이었다.

불면증

잠들기 전 좋은 생각을 하면

좋은 마음으로 하루를 마무리할 수 있다는 글을

인터넷에서 보고 며칠간 진지하게 시도를 해봤는데

잘되지 않았다.

매일 밤 잠들기 전 침대에 누워

좋은 생각을 하는 사람이 과연 몇이나 될까.

2 샐리의 법칙

좋은 하루가 아니었는데 어떻게 좋은 생각을 하고
좋은 마음이 안 생기는데 어떻게 좋은 마무리가 되겠나.

차라리 그냥 좀 솔직해져 보는 게 어떨까 싶다.

하루는 너무 길고,

나는 너무 지쳤고,

내일은 오지 않았으면 좋겠다.

복수를
하지 않는 이유

가끔씩 나에게 못되게 굴던 사람들에게
복수를 하는 상상을 하곤 한다.

이유 없이 나를 싫어하던 직장 동료에게,
내 뒷담화를 하고 다니던 친구에게,
제멋대로였던 이별한 전 연인에게,

과거로 돌아가 그들에게도 내가 받은 상처를

그대로 되갚아주는 그런 상상.

그땐 왜 그랬을까,

다시 돌아간다면 바보처럼 참고만 있진 않을 텐데,

지금이라면 시원하게 복수를 해줄 수 있을 것 같은데,

당시에는 꾹 참고 넘겼던 일들이 생각날 때마다

너무 억울하고 분해서 속이 터질 것만 같은 때가 있다.

만약, 당신에게 과거로 돌아갈 수 있는

단 한 번의 기회가 주어진다면

당신은 과연 그들에게 복수를 할 수 있을까?

약한 사람은 복수를 하고,

강한 사람은 용서를 하지만,

현명한 사람은 무시를 한다.

아인슈타인이 남긴 말이다.

과거 복수를 하지 않았던 건

당신이 현명한 사람이었기 때문이다.

복수 따위에 인생을 낭비하지 않았기 때문에,

상처를 딛고 다시 일어났기 때문에,

그때보다 더 단단하고 성숙해진

지금의 당신이 있는 것이다.

비가 온 뒤 땅이 더 견고하게 굳어지듯

수많은 시련과 상처를 견디고

여기까지 달려온 당신에게는

이제 아름다운 꽃길이 펼쳐질 차례다.

상처를 받았을 때

마음이 여린 사람은 방황을 하고

자존심이 쎈 사람들은 복수를 결심한다.

하지만 현명한 사람은 꿋꿋이 일어나

앞을 보며 살아간다.

최고의 복수는 내가 잘 먹고 잘사는 일이라는 걸
잊지 말자.

내
촉
을
믿
어
라

"여기, 뭔가 좀 느낌이 이상한데."
등산을 하던 중 친구가 갑자기 주변을 두리번거렸다.

뭐가 이상하다는 거지?

영문을 모른 채 친구를 따라 주변을 살피다가
근처에 있는 뱀을 발견하고 놀라서 도망쳤던 기억이
있다.

2 샐리의 법칙

가끔 그럴 때가 있다.

뭔가 느낌이 좀 이상할 때,
설명할 수 없는 뭔가가 좀 거슬리고
묘하게 쎄한 느낌이 들 때,

그건, 알 수 없는 위험으로부터
나 자신을 보호하기 위한 무의식의 신호이다.

그럴 땐
내 앞에 있는 상황을,
내 앞에 있는 사람을,
내 앞에 있는 문제를,
다시 한 번 유심히 살펴봐야 한다.

지나친 의심은 모두에게 해가 되지만
그런 느낌이 두 번, 세 번, 반복된다면

반드시 그 실체에 대해서 경계하고
의심해볼 필요가 있다.

나의 느낌을 믿자.

뭔가 좀 이상하고
묘하게 안 좋은 느낌이 든다는 건,
다른 때에는 느낄 수 없는
지극히 일반적이지 않은 이상한 구석을
내 본능이 먼저 알아챘다는 증거니까.

2 샐리의 법칙

정
말

강
한 사
람

어떤 일이 있어도 울지 않는 친구가 있었다.

힘들 때도, 슬플 때도, 안 좋은 일이 있을 때도.

울고 싶으면 울어도 된다고 했지만

친구는 고개를 저었다.

"약한 모습 보이기 싫어."라며.

우리나라 사람들은 어릴 때부터

'울면 안 된다'는 교육을 받고 자라왔다.

"힘들어도 울지 말고 견뎌야 한다."

"슬픈 일도 울지 말고 극복할 수 있어야 한다."

"아파도 울지 말고 참아야 한다."

우리 엄마도 그랬다.

울지 않는 친구와 나를 비교하며

저 친구를 봐, 울지도 않고 얼마나 씩씩해,

너도 저 친구처럼 씩씩해져야지, 라고.

우는 사람＝약한 사람이었고

울지 않는 사람＝강한 사람이었다.

하지만 자라면서 그게 아니라는 걸 알게 됐다.

2 샐리의 법칙

울고 싶을 땐 울어도 된다는 걸.

인생을 살아가면서 누구에게나 시련의 순간이 온다.

누군가와의 이별 때문에 힘들 수도 있고,

예기치 못한 상황으로 좌절할 수도 있고,

나의 의지와 상관없이

몸과 마음이 아픈 날이 올 수도 있다.

하지만 시련을 극복하는 가장 좋은 방법은

눈물을 참는 게 아니라,

마음속에 있는 응어리를 다 쏟아내는 것이다.

내가 우는 건,

남들보다 나약해서, 씩씩하지 못해서,

의지가 없어서가 아니다.

훌훌 털어버리고 새로운 마음으로

다시 시작하기 위해서다.

    강한 사람은 힘들 때 이를 악물고 눈물을 참지만

자신을 사랑하는 사람은 눈물을 참지 않는다.

주저앉아 펑펑 울고, 다시 일어나기 위해.

건
강
이
우
선

작년에 건강에 문제가 생겨 병원에 입원을 했던 적이
있었다. 좀 낫는다 싶으면 또 문제가 생기고 이제는 좀
괜찮다 싶으면 어김없이 몸이 아파와 입원 기간이 길
어졌고 의사 선생님은 내게 체력을 좀 길러야 한다는
조언을 하셨다.

그땐 몸도 너무 아프고 병원 생활이 너무 힘들어서
퇴원을 하면 건강관리를 정말 열심히 할 거라고

다짐을 했었다.

실제로 퇴원을 하고 난 뒤 몇 달간은

건강한 음식을 챙겨 먹으며

아침, 저녁으로 유산소와 근력 운동을 했었다.

일이 바빠지고 다시 건강을 회복하면서

끼니를 거르는 일이 많아졌고 하루 이틀 운동을 빼먹

다가 어느 순간부터는 아예 운동에 대한 생각을 잊어

버리고 살았지만.

그러다 최근에 건강검진을 받으러 다시 병원을 갔다.

"운동을 좀 하셔야 해요."

의사 선생님은 몸에 큰 이상은 없지만

앞으로도 꾸준히 운동을 하며

2 샐리의 법칙

건강관리를 잘 해야 한다고 했다.

"너무 바빠서 운동할 시간도 없어요."

회사 일이 너무 바쁠 때라
아무 생각 없이 이렇게 대답을 했는데
의사 선생님은 그런 나를 빤히 바라보셨다.

"운동은 시간이 날 때 하는 게 아니라 시간을 내서 해
야 하는 거예요. 건강보다 더 중요한 게 어디 있어요?"

그 말에 나는 아무 말도 하지 못한 채
조용히 진료를 받고 나와야 했다.

맞다. 건강보다 중요한 건 없다.

지금 내가 이렇게 열심히 일을 하고

바쁘게 생활하는 것은

더 행복하고 더 만족스러운 삶을 살기 위해서인데,

미래의 어느 날 내가 원하는 모든 것을 이루었지만

건강을 잃어버린다면 그게 다 무슨 소용일까.

좋은 성적을 받고

프로젝트를 성공적으로 마무리하고

시험에 합격하고 공모전에 수상을 하고

미래를 위해 끊임없이 공부하고

맡은 일을 열심히 하는 것은 중요하다.

하지만 우리의 인생에서 그보다 더 중요하고

그보다 더 우선으로 고민해야 할 것은

나의 건강이라는 사실을 잊지 말자.

착하다는 말을 유난히 싫어하는 사람들이 있다.

나에게도 그런 친구가 있었다.

너 정말 착한 거 같아, 라고 말을 하면

나는 착하다는 말이 싫어, 라고 가라앉은 목소리로 말

하던 친구.

칭찬을 했을 뿐인데, 왜 저렇게 정색을 하지?

좀 당황스럽기도 하고

예상치 못한 반응에 민망하기도 했다.

하지만 시간이 흘러 알게 됐다.

너무 착해서,

때로는 손해를 보고

너무 착해서,

때로는 오해를 받고

너무 착해서,

때로는 이용당하는 일이 많았다는 걸.

착하다는 말을 싫어하는 건

그 사람의 마음에 상처가 있기 때문이다.

그러니까, 우리 주변의 누군가가

착하다는 칭찬에도 기뻐하지 않고 표정이 어두워진다면

이상한 사람, 예민한 사람이라 기분 나빠 하지 말고
그 사람에게도 그럴만한 사정이 있겠거니 생각하자.

착하다는 말이 싫다는 건
상처받기 싫다는 의미인지도 모른다.

같이, 힘내

혼자 산책을 하다가 벤치에 앉아 잠시 쉬고 있는데 초등학교 가방을 멘 꼬마 아이가 내 옆자리에 와서 앉더니 땅이 꺼져라 한숨을 푸욱 내쉬었다.

처음에는 모른 척했는데 계속 한숨을 쉬길래 호기심에 물었다.

"꼬마야, 무슨 일 있니?"

"저 꼬마 아니고 지호인데요."

아, 그렇구나. 나는 다시 물었다.

"지호야, 왜 그렇게 한숨을 쉬어?"

"사는 게 너무 힘들어서요."

나는 살짝 당황을 했다.

"뭐가 그렇게 힘든데?"

"학교도 가야 하고, 학원도 가야 하고, 숙제도 해야 하고,
친구랑 게임도 해야 하는데. 시간이 너무 없어요.
누난 안 힘들어요?"

나는 잠시 고민을 하다가 대답했다.

"나도 힘들지."

꼬마는 고개를 끄덕거리더니 제법 조숙하게 말했다.

"다 그렇죠 뭐. 우리 같이 힘내요."

그러고는 이제 가야할 시간이 된 듯

꼬마는 바지를 털고 일어나 어디론가로 떠났고

나는 잠시 멍하게 앉아 있다가

꼬마가 사라진 쪽을 바라보며 작게 중얼거렸다.

그래 힘내자.

너도, 그리고 나도.

2 샐리의 법칙

3

지나갈 외로움,
다가올 로맨스

연애의 법칙

어둠이 내려앉은 밤,

크리스마스트리가 반짝반짝 빛을 내는

이 아름다운 거리를

너와 함께 걷다 나는 문득 궁금해졌다.

전혀 모르는 우리가 만나

사랑에 빠질 확률은 얼마나 될까.

우리가 연인이 되어

크리스마스를 함께 보낼 확률은 얼마나 될까.

이렇게 아름답고 낭만적인 밤,

내 옆에 네가 있고

네 옆에 내가 있다는 사실은,

얼마나 기적 같은 일인가.

Merry Christmas and Happy New Year.

3 연애의 법칙

나와 비슷한 감성을 가진 사람이 좋다.

유머 코드나 대화 코드가 잘 맞는 것도 좋겠지만

나와 만나는 사람은

나와 비슷한 감성을 가지고 있었으면 좋겠다.

아무 말 없이 함께 있어도 어색함이 없고

나란히 앉아 오랜 시간이 흘러도 지루함 없이

같은 곳을 바라보며 같은 생각을 할 수 있는 사람.

왠지 그 사람이라면,

감정 표현에 서툴고 수줍음이 많은 내가

벅차오르는 마음을 어떻게 표현해야 할지 몰라

머뭇거리는 순간에도

내가 많이 사랑하고 있다는 걸 알아줄 것 같다.

왠지 그 사람이라면,

사소한 일로 다툰 날

내가 미안함에 어쩔 줄 모르고 있을 때에도

괜찮아, 네 마음 다 알아, 하고 나를 다독거려줄 것 같다.

3 연애의 법칙

너에게만 심술을 부리는 이유

"너는 다른 사람들한테는 다 착하면서 나한테만 꼭 못
되게 굴더라."

어느 날 남자친구가 내게 이런 말을 했다.

다른 사람들이 실수를 하면
그러려니 너그럽게 이해하고 넘어가면서
자기는 작은 실수를 해도

하루 종일 심술을 부리고 토라진다고.

내가 그랬나?

듣고 보니 그랬던 것도 같았다.

다른 사람들과 같은 실수를 해도

이상하게 남자친구에게 더 서운하고 속상했다.

왜 그랬지?

그건, 남자친구에 대한 마음이

그만큼 더 크기 때문이었다.

그를 좋아하는 마음이 크기 때문에

별거 아닌 한마디에 가슴이 쿵 내려앉고

사소한 행동 하나에 하늘이 무너지는 것 같고

조금만 서운하게 해도

하루 종일 우울하고 불안한 마음이 들곤 했다.

그 사람에 대한 마음이
그냥 작은 마음이었다면 그러지 않을 텐데
그에 대한 내 마음이 너무 크기 때문에
작은 실수에도 자꾸만 토라지게 되고
심술을 부리게 된다.

그러니까, 이 글을 본다면 내가 좀 못나게 굴더라도
네가 나를 좀 이해해줬으면 좋겠다.

이게 다 너를 너무너무너무 좋아해서 그런 거니까.

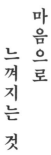

마음으로
느껴지는
것

지하철을 타고 가다가 본의 아니게

옆자리에 앉은 커플의 대화를 엿듣게 됐다.

"만약에, 너네 부모님이 우리 결혼을 반대해. 그러면 너

는 어떡할 거야?"

"우리 부모님이 결혼을 반대할 리가 없어."

"그래도 만약에, 너네 부모님이 나를 마음에 안 들어하

시면?"

3 연애의 법칙

"음, 그럴 리 없지만 만약 그런 일이 생긴다면 내가 부모님을 잘 설득해야지."

"그래도 만약에, 끝까지 반대한다면? 나를 포기할 거야?"

"아니, 절대 포기 안 하지. 그런데 그런 건 왜 물어?"

그러게.

그런 게 왜 궁금할까, 생각을 하며 지하철을 내렸다.

하지만 사실 나는 알고 있다.

그 이유를.

누군가를 사랑할 때 나도 그랬다.

사랑하는 사람이 나를 얼마나 사랑하는지 알고 싶고

매 순간 그 사랑을 확인받고 싶었다.

만약에, 이 세상에 내가 없다면 어떡할 거야?

만약에, 내가 갑자기 너를 떠난다고 하면 어떡할 거야?

만약에, 우리 부모님이 너를 반대한다면 어떡할 거야?

만약에, 누군가 우리 사이를 갈라놓는다면 어떡할 거야?

나를 위해 어디까지 할 수 있는지,

나와의 사랑을 지키기 위해 어떤 노력들을 할 수 있는지,

일어나지도 않은 일을 가정하며

수없이 많은 질문들을 했던 것은

내가 그 사람을 사랑하는 만큼

그 사람 역시 나를 사랑하고 있다는 것을

확인받고 싶어서였다.

하지만 시간이 많이 흘러서야 알게 된 게 있다.

그 사람의 따뜻한 시선과 다정한 말투,

상냥한 미소와 나에게만 보여주던 친절,

나를 향해 기울어진 몸의 방향,

그 모든 게 내가 그 사람에게

사랑받고 있다는 증거였다는 것을.

군이 말로 하지 않아도, 답을 듣지 않아도,
알 수 있는 것들이 있다.

사랑은 확인하는 게 아니라, 마음으로 느끼는 거다.

같은데,
다른 이유

옆자리에서 일을 하는 회사 동료가 하루 종일 한숨을
푹푹 내쉬길래 무슨 일이냐고 물으니 2개월째 썸을 탄
썸남에게서 어젯밤 고백을 받았다고 했다.

잘된 일 아닌가?

뭐가 고민인지 이해가 되지 않아 고개를 갸웃했더니
썸남의 고백을 받아야 할지 말아야 할지

3 연애의 법칙

고민 중이라는 말을 덧붙였다.

"2개월이나 썸을 탔다면서요."

"네."

"좋아하는 거 아니에요?"

"글쎄요."

"??"

뭐야 그럼.

좋아하지도 않는 사람이랑 썸을 2개월씩이나 탄 거야?

이상한 눈으로 쳐다보자 동료의 한숨은 더욱 깊어졌다.

"그게 좀 애매해요. 사람은 참 괜찮은데, 나랑 좀 안 맞
는 것 같아서요."

"왜요?"

"취미가 운동이라고 하더라구요.

평일에도 일 끝나면 헬스장에 가서 운동을 하고
주말에는 자전거 타거나 등산하러 간다고 하더라구요.
나는 운동 진짜 싫어하는데.
아무래도 고민을 좀 해봐야 할 것 같아요."

그랬던 그녀는 결국 썸남의 고백을 거절했다.
취미가 안 맞으면 좀 그렇긴 하지, 고개를 끄덕이며
나는 그녀의 결정을 이해했다.
하지만 얼마 후 그녀는 소개팅에서 만난 새로운 남자와
연애를 시작했고, 그 남자의 직업은 헬스 트레이너였다.

"운동하는 남자 싫어하는 거 아니었어요?"

나의 물음에 그녀는 수줍게 웃으며 대답했다.

"앞으로 좋아해보려고요."

음, 그럴 수가 있나?

그때는 좀 이해가 안 됐는데
다시 생각해보니
그럴 수도 있겠다는 생각이 들었다.

생각해보면 나도 그랬다.

나랑 좀 안 맞는 것 같아서 고백을 거절했던 사람도 있고
반대로 나랑 좀 안 맞는 거 같지만 가까워지고 싶었던
사람도 있었다.

둘 다 안 맞는 건 매한가진데,
왜 한쪽은 거절하고 다른 한쪽은 가까워지고 싶었을까?

이유는, 내 마음이 달랐기 때문이다.

누군가를 좋아하면 상대를 위해 노력하고 싶어진다. 서로 안 맞는 부분이 있어도 이해하고 싶어지고 서로 다른 부분을 맞춰가기 위해 노력하고 싶어진다.

굳이 내가 왜? 라는 생각이 들만큼 맞춰주기 싫은 일들이 좋아하는 사람에게는 시간과 노력을 들여서라도 맞춰주고 싶은 법이다.

좋아하면,
원래 다 그렇게 된다.

지나갈
외로움

조용한 새벽,

멜로 영화를 보다가 헤어진 전 남자친구를 떠올리게

됐다.

영화 스토리가 꼭 내 이야기 같아서, 보는 내내 그와

함께하며 행복했던 순간들이 머릿속을 스쳐지나 가고

새삼스레 그가 다시 보고 싶은 마음이 들었다.

그래서 연락을 한번 해볼까, 고민해보기도 했다.

멜로 영화에는 세 가지 법칙이 있다.

- 주인공 남녀는 사랑을 하다가
  어쩔 수 없는 상황으로 인해 헤어지게 된다.

- 이별을 한 그들은 서로를 잊지 못하고
  좋았던 추억을 떠올리며 서로를 그리워한다.

- 결국 두 사람은 장애물을 극복하고 다시 만나
  행복하게 잘사는 모습으로 이야기는 마무리된다.

하지만 우리는 영화 속 주인공이 아니다.

냉정하게 한번 생각해보자.

3 연애의 법칙

그 사람과 만나며 행복하고 좋은 순간들만 있었나?

어쩔 수 없는 상황으로 우리는 헤어진 건가?

다시 만난다면 영화 속 주인공처럼 우리도 아름다운 결말을 그릴 수 있을까?

아니.

과거 당신이 그 사람과 헤어진 건 그럴만한 이유가 있었기 때문이다.

잠시 지나갈 외로움에 흔들리지 말자.

추억이 미화되어 당신이 잊고 있는 것일 뿐

과거 당신은 그 사람으로 인해 많이 아팠고

그 사람과 헤어졌던 건 서로를 위한 최선의 선택이었다.

과거의 아픔을 잊고 아름다운 추억만을 간직하며
살아가는 당신은 분명 착하고 여린 사람일 것이다.

좋은 사람 주변에는 좋은 바람이 불어

좋은 사람이 나타난다.

착하고 여린 당신은 새로운 사랑을 할 수 있고

앞으로 더 좋은 사람을 만날 수 있다.

연애의 법칙

잘 만나고 있는 줄 알았던 친구 커플의

갑작스러운 이별 소식을 듣고 솔직히 좀 놀랐다.

양쪽을 모두 알고 있는 지인이어서

따로 만나 각자의 사정을 전해 들었는데

두 사람이 하는 이야기가 비슷했다.

사소한 문제로 서로에게 서운한 게 많았는데

너무 사소한 거라 이야기를 하지 못했고

쌓였던 서운함이 이번에 폭발하게 되어 헤어진 거라고.

과거, 나에게도 비슷한 경험이 있었다.

'내가 이런 말을 하면 너무 속 좁아 보이진 않을까'

'이런 것까지 터치를 하면 너무 기분 나빠하진 않을까'

소심한 마음에 말하지 못하고,

괜히 말했다가 사이만 더 나빠질 것 같고,

좋았던 관계가 어색해질 것 같고,

이런저런 걱정들 때문에 참아야만 했던

그런 때가 나에게도 있었다.

하지만 연인 관계가 더 돈독해지고

더 단단해지기 위해서는 문제가 있을 때

문제를 외면하는 게 아니라

갈등을 잘 풀어가는 것이 중요하다.

말로만 "이해해 ^-^", "괜찮아 ^-^" 한다고
진짜 이해가 되고 진짜 내 마음이 괜찮아지는 게 아니다.

말을 하지 않고 상황을 넘기면
그 순간은 좋게 넘어갈 수 있을지 몰라도
근본적인 문제는 해결되지 않는다.

그런 것들이 쌓이고 쌓여서 나중에는
관계를 돌이킬 수 없게 만들기도 한다.

지금 내 옆에 있는 남자친구, 여자친구와
좋은 관계를 유지하고 싶고,
좋은 연애를 하고 싶다면,
문제가 있을 때 문제를 피하지 않는 것이 중요하다.

속상하지만 그냥 내가 참아야지, 하고
문제를 외면하는 순간부터 관계는
서서히 어긋나기 시작하고,

이해되지 않는 걸 억지로 이해하고,
서운한 걸 억지로 참고,
그런 과정들이 결국에는 관계를 더 악화시키는
원인이 되는 법이니까.

연인 관계에서 잘 만나는 것만큼 중요한 것이
잘 싸우는 것이다, 라는 말을 들은 적이 있다.
많이 싸우라는 뜻이 아니라 문제를 피하지 말고
제대로 마주보라는 뜻이다.

아무 문제없이 서로 100% 잘 맞는 커플은 없다.

문제를 외면하는 게 아니라,

3 연애의 법칙

서로 안 맞는 부분을 함께 맞춰보려고 노력할 때
좋은 관계가 더 오랫동안 유지될 수 있다.

그러니까,

힘들면 힘들다고,

서운하면 서운하다고,

솔직하게 말하자.

지금 내 옆에 있는 사람과 오랫동안 함께하고 싶다면.

"그 사람과 나는 천생연분인 거 같아.

우리는 너무 잘 맞아."

"100% 잘 맞는 관계라는 건 없어.

그렇게 생각한다면 상대가 그만큼

너한테 희생하고 있다는 거겠지."

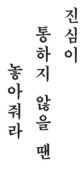

진심이
통하지 않을 땐
놓아줘라

내가 좋아하는 사람이 나를 좋아하지 않는 걸 알면서도
나는 계속 그가 좋아서 아프고 괴로운 때가 있었다.

노력하면 그도 나를 좋아해주지 않을까?

'어쩌면', '혹시나' 하는 희망을 가지고
그의 마음을 열기 위해 노력했지만
내가 아무리 두드리고 매달려도

닫힌 마음은 열리지 않더라.

사람의 마음은 마음대로 안 된다.

진심이 통하지 않을 때도 있다.

내가 못난 사람이어서, 나의 노력이 부족해서가 아니다.

그가, 나의 가치를 알아보지 못했기 때문이다.

　　최선을 다했는데도 진심이 통하지 않는다면

　　그냥 놓아주자.

　　포기하는 게 아니라, 놓아주는 거다.

　　나의 가치를 알아보지 못하는 사람을.

어떤 사람은 내가 최선을 다해 다가가는 순간에도

나의 진심을 모른 채 등을 돌려버리지만

어떤 사람은 내가 뒤돌아 있는 순간에도

나의 진심을 알고 곁에 머무르곤 합니다.

있는 그대로의 나를 사랑해줄 수 있는 사람을 만나세요.

나를 진심을 알아주고,

나의 가치를 알아봐주는,

그런 사람과 함께 사랑을 하세요.

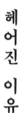

헤어진 이유

모든 면에서 나와 너무도 잘 맞는 남자친구가 있었다.
세상에 이런 사람이 있구나, 싶을 정도로.

그와 함께하는 시간들이 행복했고
우리는 서로를 많이 아끼고 사랑했다.

그런 그와 몇 계절을 함께하고 헤어지게 됐을 때
친구들, 지인들, 주변 사람들 모두가 놀랐다.

3 연애의 법칙

거짓말하지 마,

너네가 왜 헤어져,

너네처럼 잘 어울리는 커플이 어디 있다고,

이유가 뭔데,

도대체 무슨 일이 있었길래.

헤어진 이유를 궁금해하는 사람들에게 나는

어떻게 말을 해야 할지 몰라

그냥 그렇게 됐어, 라고 대답을 했다.

"그냥, 그렇게, 됐어."

우리는 잘 맞는다고 생각했지만

만나다 보니 안 맞는 부분이 있었고

그 문제로 자주 다퉜고

다툼의 횟수가 늘어날수록

우리 사이의 틈은 점점 더 크게 벌어졌다.

그리고 그냥, 그렇게, 헤어졌다.

우리가 왜 헤어지게 됐을까.

그렇게 사랑했던 우리가 왜 이렇게 되어버린 걸까.

나 또한 궁금했다.

우리가 헤어지게 된 결정적인 이유가 무엇인지.

우리는 뭐가 그렇게 안 맞았고

무엇 때문에 그렇게 자주 다퉜는지.

다툼이 문제였다면 수많은 다툼들 중

우리를 헤어지게 한 다툼은 언제였는지.

그렇게 몇 계절을 더 보낸 후

나는 새로운 사람을 만나 연애를 시작했고

그에게도 새로운 사람이 생겼다는 소식을 듣게 됐다.

3 연애의 법칙

그제야 그와 내가 헤어지게 된 이유를 알 것 같았다.

우리는 인연이 아니었음을.

서로가 서로에게

그저 스쳐지나 가는 바람일 뿐이었음을.

아 직 잊 지
못 했 다 는 증 거

누군가를 잊는다는 건 어떤 걸까.

정말 사랑했던 사람에게 이별을 통보받고
죽을 것처럼 아팠던 때가 있었다.

매달려도 안 되고 애원해도 안 되기에
어쩔 수 없이 이별에 동의를 했지만
이별한다고 해서 그를 좋아하는 마음이

한순간에 사라지는 건 아니었다.

사랑하고 싶지 않지만
계속 사랑해서 힘들었고
잊고 싶었지만
계속 잊히지 않아서 많이 아팠다.

그리고 몇 주가 지났다.
죽을 것처럼 아픈 고통의 순간들이 지나고
더 이상 눈물도 나오지 않았다.

드디어 그를 다 잊었다고 생각했고
나는 그제야 좀 살 것 같았다.

그렇게 또 몇 주가 더 흘렀다.
횡단보도를 건너다 우연히 그 사람과 닮은 뒷모습을
발견한 나는 무언가에 이끌리듯

그 사람의 뒤를 따라갔다.

멀리까지 가서야 그 사람이 아닌 다른 사람이라는 걸
확인했고 집으로 돌아오며 한참동안 눈물을 쏟았다.

잊었다고 생각했던 건 나의 착각이었다.

누군가를 잊는다는 건
고통의 순간이 잦아들고 눈물이 멈추는 시기가 아니다.

　누군가를 잊는다는 건
　길을 가다 그 사람과 닮은 뒷모습을 보고도 따라가
　지 않는 것이다. 자주 가던 길목에서 문득 그 사람
　이 떠올라도 걸음을 멈추지 않는 것이다.

당신이 지금 이 글을 보고 있다는 것은
당신 또한 아직 그 사람을 잊지 못했다는 증거다.

그 아픔이 얼마나 크고 고통스러울지

감히 상상조차 할 수 없지만 부디 잘 이겨내기를 바란다.

이 말을 꼭 기억했으면 좋겠다.

당신이 그를 잊지 못하는 건
그를 진심으로 사랑했기 때문이다.

누군가를 진심으로 사랑할 줄 알고
이별에 진심으로 아파할 줄 아는
당신은 마음이 예쁜 사람이다.

당신처럼 예쁜 사람은
당신에게 꼭 맞는 예쁜 사람을 만나야 한다.
당신을 아프게만 했던 그 사람 말고.

다 른
마 음

가장 좋아하는 사람에게 가장 많이 상처받곤 한다.

이 사람만은 나를 아프게 하지 않았으면, 하고 바라지만

나에게 상처를 주는 이들은 어김없이 내가 가장 사랑

했던 사람이었다.

그 사람도 그랬다.

그는 내가 속상해한다는 걸 알면서도 나를 아프게 했고

내가 상처받을 걸 알면서도 같은 실수를 반복했다.

왜 나를 아프게 하는 걸까,

나는 그를 아프게 한 적이 없는데,

내 마음보다 그 사람 마음을 더 생각하고,

늘 소중하게 아껴주고 그 사람의 입장을

먼저 배려해주었는데,

왜 이렇게까지 나에게 상처를 주는 걸까.

사실, 나는 그 이유를 알고 있다.

외면하고 싶었던 것일 뿐 사실은 처음부터 알고 있었다.

　'그 사람은 나와 같은 마음이 아니다.'라는 사실을.

3 연애의 법칙

길을 가다가 발이 좀 불편한 느낌이 들어서
아래를 보았더니 운동화 끈이 풀려 있었다.

몇 시간 전에도 풀렸던 거 같은데.

운동화 끈을 단단하게 동여매지 않으면
계속 이렇게 풀려서 걸음을 방해받게 되는구나.

마치, 어설프게 남아 있는 미련이

다른 곳을 걸어가지 못하게 하는 것처럼.

오늘 나는,

어설프게 묶여 있는 운동화 끈처럼

단단하게 매듭 짓지 못한 나의 마음을 보았다.

문득 그런 내가 안쓰러워

운동화 끈을 더 단단하게 동여맸다.

그리고 수많은 상처와 시련으로

약해질 대로 약해져버린 나의 마음을

수시로 돌아보고 토닥여줘야겠다는 다짐을 했다.

　　어설픈 미련이 나의 앞을 가로막지 못하도록,

　　상처를 극복하고 더 단단해질 수 있도록,

　　더 좋은 곳을 바라보고

더 좋은 사람을 만날 수 있도록,

이제부터라도 내 마음을 잘 돌봐줘야겠다.

영화 〈라이언킹〉에는 이런 대사가 나온다.

　과거는 아플 수 있어.

　하지만 둘 중 하나야. 도망치든가, 극복하든가.

부디 잘 극복하는 쪽이기를 바란다.

당신도, 그리고 나도.

용
기

있
는

고
백

퇴근을 하고 TV 채널을 돌리다가

우연히 〈나는 솔로〉라는 방송을 보게 됐다.

그날은 출연자들이

최종 선택을 하는 장면이 방영되고 있었다.

서로 엇갈린 선택으로 단 한 커플도 탄생하지 못한 가

운데 '순자'라는 이름으로 불렸던 한 일반인 출연자의

선택이 기억에 남았다.

보통 다른 이성에게 선택을 받지 못한 출연자들은
본인도 선택을 포기하는 경우가 많은데 '순자'는
그렇게 하지 않았다.

"애초부터 그 사람이 나를 선택하든 안 하든 내가 하고
싶으면 선택을 하는 거라고 생각했었기 때문에 오늘,
고민 끝에 저는 선택을 하도록 하겠습니다."

순자는 누구에게도 선택을 받지 못했지만
자기 소신껏 행동을 했다.

자신을 선택하지 않은 남자를 향해 고백을 했던 것.

그 장면을 보고 많은 생각이 들었다.

과연, 나도 저렇게 할 수 있을까?
내가 호감이 가는 사람이 다른 사람을 선택한다면?

나는 아마 선택을 포기할 것 같다.

어차피 내가 좋아하는 사람은 나를 선택하지 않았고
내가 선택을 한다고 해도 커플이 될 수 없는
무의미한 선택이 될 뿐이니까.

거기다 내가 하는 모든 말과 행동, 선택을
방송을 통해 나의 가족, 친구, 지인들이 보게 될 텐데,
만약 혼자만의 짝사랑을 모두에게 들키게 된다면
그건 얼마나 창피한 일일까.

때로 우리는 정말 사랑하는 사람이 눈앞에 있어도
고백이 아닌 포기를 먼저 선택하게 되는 경우가 있다.

상대의 거절이 두려워서,
더 이상 상처받고 싶지 않아서,
지금의 관계를 깨트리고 싶지 않아서,

저마다의 이유로 사랑을 포기하고
자신의 마음을 숨긴 채 살아간다.

상대가 어떤 마음인지 확신이 없는 상태에서
내 마음을 상대에게 알린다는 건 많은 용기가 필요하다.
하지만 '순자'는 그 모든 걸 감수하고
자신의 마음을 솔직하게 표현했다.

그 결과, 그녀는 방송에서는 커플이 되지 못했지만
자신이 선택했던 남자와 방송 이후에도 만남을 이어갈
수 있었고 결국 둘은 연인이 되었다고 한다.

사랑은 용기 있는 자만이 쟁취할 수 있다는 말을
예전에는 좀 오그라든다고 생각했었는데
〈나는 솔로〉 이번 편을 보면서 한 여자의 솔직한 고백이
이렇게 아름답고 멋있을 수도 있다는 걸 알게 됐다.

사랑한다면, 용기를 내어 고백을 하자.

짝사랑이 이루어지지 못한 이유는

그 시절 우리가 솔직하지 못했기 때문이었을 수도

있다.

"그 시절, 우리는 왜 이루어지지 못했을까."

"서로, 사귀자는 말을 하지 않아서."

로맨티스트

꽃을 좋아하는 사람과 이야기한다는 게
얼마나 설레고 좋은 일인지 알게 되면
그 사람에게 빠져들 수밖에 없다.

꽃을 보니 문득 네 생각이 났어,
내일 나랑 같이 꽃구경 갈래,
꽃나무가 예쁘게 피었으니까 거기 앞에 서 봐,
사진 찍어줄게,

퇴근길에 문득 네 생각이 나서 꽃집엘 들렀어,

이 꽃의 꽃말은 고백이래.

이런 말은

꽃을 좋아하지 않는 사람에게서는 들을 수가 없다.

꽃을 좋아하는 사람은 로맨티스트일 확률이 높다.

사랑에
빠진 딸기

친한 친구가 딸기 때문에

남자친구와 싸운 이야기를 해줬다.

사건의 전말은 이랬다.

무더위가 기승을 부리던 8월 어느 날은 친구의 생일이
었다. 그녀의 남자친구는 미리 준비한 선물과 딸기 아
이스크림 케이크를 건네며 친구에게 이렇게 말했다.

"네가 배스킨라빈스 딸기 아이스크림을 좋아한다고 했던 게 생각나서 딸기 아이스크림 케이크로 사왔어."
"나는 그냥 딸기가 아니라, 사랑에 빠진 딸기를 좋아한다고 했는데."
"그게 그거 아니야?"
"어떻게 그게 그거야?"

그랬다.

친구는 '사랑에 빠진 딸기'를 좋아하는데
남자친구가 그냥 '딸기' 아이스크림 케이크를 사온 게
싸움의 원인이었다.

친구는 울상이 된 채 하소연을 했다.

"완전 서운해. 내가 몇 번을 말했는데. 너는 내 마음 알지?"

"어? 어어…."

그렇다고 대답했지만 사실 몰랐다.
그게 왜 그렇게 심각한 문제인지.

하지만 다시 곰곰이 생각해보니 조금 알 것도 같았다.

　사랑에 빠진 여자는 사소한 것에 금방 서운해지고
　사소한 실수에도 한참 토라지곤 한다.

그가 나한테 관심이 없는 것 같아서,
내 이야기를 잘 들어주지 않는 것 같아서,
나에 대한 마음이 그 정도밖에 안 되는 것 같아서,

　더 많이 관심받고 싶고
　더 많이 사랑받고 싶어서 그런 거다.

그러니까, 지금 내 옆에 있는 소중한 여자친구가

별거 아닌 사소한 걸로 예민해지고 서운해한다면

짜증을 내거나 귀찮아하지 말고 이렇게 생각해주세요.

나한테 관심 받고 싶고 사랑받고 싶어서 그러는구나,

라고.

연애하기
싫은 이유

"나는 이제 연애는 싫어. 지긋지긋해."

전 남자친구와 안 좋게 헤어진 친구는,

이별 후 친구들이 모두 모인 자리에서 두 번 다시 연애

를 하지 않겠다고 선언을 했다.

하지만 그렇게 선전포고를 한 지

1년이 지나지 않아

3 연애의 법칙

그녀에게는 새로운 남자친구가 생겼다.

"너 이제 연애 안 하는 거 아니었어?"

"응?"

"연애라면 이제 지긋지긋하다며 ㅋㅋ."

"아, 근데 그게.…ㅋㅋ"

친구는 잠시 머쓱해하더니 조금 의미심장한 말을 했다.

"다시 생각해 보니까, 연애가 지긋지긋한 게 아니더라
구. 너도 알잖아."

음, 알지.

왠지 알 것 같았다.

연애가 하기 싫어, 라는 말의 진짜 뜻은

혼자 있고 싶어, 가 아니라

그런 사람을 만나기 싫어, 인지도 모르겠다.

연락 잘하기

연락 문제로 하루에도 수십 번씩 남자친구와 다투곤
했다. 바쁘다는 이유로 남자친구는 연락 두절이 될 때
가 많았고 그런 일이 계속 반복되면서 감정의 골은 더
욱더 깊어져 갔다.

무엇보다 서운했던 건 남자친구의 태도였다.

"바빠 죽겠는데 나더러 어쩌라고."

3 연애의 법칙

"내가 하루 종일 핸드폰만 바라보고 있는 게 아니잖아."

"나한테 집착 좀 그만해."

서운해하는 내게 그는 늘 이런 식으로 화를 냈고

우리는 연락 문제를 극복하지 못한 채

결국에는 서로가 서로에게 지쳐 헤어지게 되었다.

연인 사이에는 연락을 잘 하는 게

무엇보다 중요하다고 생각한다.

연락을 잘 한다는 게,

시간 날 때마다 전화를 하고

1분에 한 번씩 카톡을 하고

답장을 5초 만에 해달라는 게 아니다.

연락을 많이 한다는 것과 연락을 잘 하는 것은 다르다.

연락을 잘 한다는 건, 상대에게 걱정을 끼치지 않는 것이다.

"이따 회의 들어가야 해서 연락을 잘 못할 것 같아.
회의 끝나면 연락할게."

– 미리 안심시켜 주고 상황을 설명해주는 것.

"갑자기 급한 일이 생겨서 연락을 못했어.
자세한 건 이따 만나서 설명해줄게."

– 미처 연락을 하지 못했을 땐, 상대가 서운해하지
않도록 늦게라도 설명을 해주는 것.

바쁘면 바빴다고
피곤하면 피곤했다고
제대로 설명을 해줘야 한다.

상대가 서운해하는 건

당신이 연락을 하지 않아서가 아니다.

제대로 된 설명조차 없이 몇 시간동안 연락 두절이

었다가 한참 뒤에 돌아와서 "바빴는데 어쩌라고."라

는 식의 당신의 태도를 서운해하는 거다.

진짜 너무 바쁘고 힘이 들어,

최소한의 연락조차 하는 게 귀찮고,

왜 해야 하는지도 모르겠고,

해야 할 의지마저 없다면,

미안하지만 그런 당신은 연애를 할 자격이 없다.

차라리 혼자 살아가는 걸 추천한다.

지금 내 옆에 있는 사람이 소중하다면

그 사람을 정말 아끼고 사랑한다면

연락 문제로 그 사람을 불안하게 하지 마세요.

바쁘고 피곤하다고 연락을 귀찮아하면

결국 소중한 사람을 잃게 돼요.

더 많이 좋아한 사람이,

마음의 무게가 더 깊었던 사람이,

헤어진 후에도 어김없이 약자가 되곤 한다.

수많은 이별을 경험한 후 내가 깨닫게 된 것은,

온 마음을 다해 사랑하고

모든 것을 다 맞춰주고 배려하고 잘해준 사람이

나중에 더 많이 아프다는 것이다.

후회하지 않으려면 너무 많은 것을 기대하지 말아야 하고 상처받지 않으려면 너무 많은 마음을 주지 말아야 한다.

그래서 나는 그 누구에게도 기대하지 않고
그 누구에게도 마음을 주지 않으려고 했다.

하지만 늘 실패했다.

정말 좋아하는 사람을 만나게 되면
그러한 다짐과 의지는 한없이 약해져버리고,
후회하고 싶지 않고,
상처받고 싶지 않은 마음은 이내 이렇게 바뀌어버리고
만다.

'나중에 어떻게 되든 상관없이 지금 이 순간 잘 해
주고 싶다'는 마음으로.

초등학생 때 담임선생님이 가족사진을 한 장 가져오라
고 한 적이 있었다.

가정의 달을 맞아 교실 뒤편에 있는 게시판을 가족사
진으로 꾸미는 행사를 했던 것으로 기억난다.

"너네 아빠 엄청 잘생기고 멋있지."

학교에 가져갈 사진을 고르기 위해 가족 앨범을 보던

중이었는데, 엄마가 불쑥 앨범 끝에 있는 사진을 가르키면서 말했다. 사진에는 오빠와 내가 태어나기 전 젊은 시절 아빠가 있었다.

남색 양복을 입고
어색하게 포즈를 취하고 있는 젊은 시절의 아빠.
무슨 연유에서인지 엄마의 시선은 한참동안 그 사진에 머물러 있었다.

"엄마, 엄마는 왜 아빠랑 결혼을 했어?"

나는 문득 엄마에게 물었다.
아빠의 어떤 점이 좋았을까, 궁금했다.

엄마는 한참동안 말이 없었고 나는 다시 질문을 했다.

3 연애의 법칙

"아빠가 잘생겨서 좋았어?"

"아니."

"아빠가 그냥 막 멋있고 그랬어?"

"아니."

아니라고?

"방금은 엄청 잘생기고 멋있다고 했잖아."

"응, 근데 그때는 그런 생각 안 했지."

"그럼?"

"그냥."

그냥?

"그냥, 좋았지. 좋으니까, 잘생겨 보이고, 멋있어 보이고, 그런 거지."

응? 그러니까 그게 그거 아닌가?

잘생겨서 좋았다는 거 아니야?

당시 초등학생이었던 나는 엄마의 말을 이해하지 못했다.

아빠의 외모가 좋았던 게 아니라,

아빠가 좋았기 때문에 잘생겨 보이고

멋있어 보였다는 엄마.

시간이 많이 흘러, 그때의 엄마와 비슷한 나이가 되어
서야 나는 그때 엄마가 했던 말이 얼마나 가슴 따뜻한
말이었는지를 깨달았다.

내가 가진 어떤 것 때문에

나를 사랑하는 사람이 아닌

나를 사랑하기 때문에

나의 모든 것들이 사랑할 이유가 되는

그런 사람을 만나시길.

사　랑　하　는　데
불　안　한　이　유

사랑을 하면서 불안할 때가 있다.

나를 얼마만큼 좋아하는 걸까,

내가 더 좋아하는 건 아닐까,

언젠가 나에 대한 마음이 변하지는 않을까,

이런 나에게 실망하는 거 아닐까.

그 사람 앞에서 했던 행동,

그 사람을 향해 했던 말들을
다시 곱씹어보면서 혼자 고민에 빠지고
밤잠을 설치기도 한다.

도대체 왜 그러는 걸까.

내가 의심이 많은 사람이어서?
자존감이 낮아서?
상대에 비해 부족한 게 많아서?
아직 충분한 사랑을 받지 못해서?

아니다.

당신이 불안한 건,
지금 행복한 사랑을 하고 있다는 증거다.

사랑을 하면서 불안한 건 이상한 일이 아니다.

그 사람과 함께하는 시간이 늘어날수록,

그 사람과의 추억이 차곡차곡 쌓여갈수록,

그 사람에 대한 마음이 점점 더 커질수록,

지금 행복할수록,

알 수 없는 내일이 불안하고 걱정되는 건

어쩌면 당연한 일인지도 모른다.

하지만, 불안해하지 않았으면 좋겠다.

생각이 많고 고민이 많은 당신은

분명 신중하고 현명한 사람일 거고

그런 당신이 선택한 그는 반드시 좋은 사람일 거다.

당신은 행복한 사랑을 하게 될 거다.

지금 이 순간 그러하듯, 내일도, 모레도,

앞으로도 계속.

봄에 할 일

1. 대청소 하기

2. 도시락 싸서 소풍 가기

3. 카톡 프사 예쁘게 업데이트하기

4. 꽃구경 가기

5. 꽃을 핑계로 너에게 예쁘다는 말 해보기

4

지금 이 순간에도
충분히 행복할 이유

행복의 법칙

인스타그램에 사진을 찍어 올리는 이유는,

먼 훗날 다시 그 사진을 봤을 때

행복했던 그날의 기분과 그날의 감정을

다시 한 번 느낄 수 있기 때문이다. 라는 글을

예전에 쓴 적이 있다.

어느 날, 그 책을 읽은 지인이 내게 반박을 했다.

"에이, 그건 핑계고 인스타그램에 사진을 올리는 건 그냥 과시용이지. 나 이만큼 잘살고 있다, 오늘 이렇게 좋은 곳에 가서 좋은 음식 먹었다, 이런 거 자랑하려는 거잖아.

사진 보면서 그날의 기분이나 감정을 다시 떠올리는 게 목적이라면 굳이 인스타그램에 올릴 이유가 뭐가 있어. 본인 일기장이나 개인 사진첩에 저장해놨다가 혼자 봐도 되는 거 아니야?"

그런가?
결국 나는 자랑이 하고 싶었던 건가?

몇 초간 생각을 하다가 대답했다.

"응, 그래서?"

내돈내산으로 예쁜 옷을 입고, 좋은 곳에 가서, 맛있는

음식을 먹고

사진을 수백 장 찍고, 그중 잘 나온 사진을 골라

내가 내 개인 인스타그램에 업로드를 좀 하겠다는데

그게 왜?

자랑이면 어떻고 과시면 어때.

내가 내 인스타그램에 사진 올리는 게

다른 사람들에게 피해를 주는 일도 아닌데.

가뜩이나 재미없고 팍팍한 세상,

인스타그램에 사진 업로드를 하며 흥미를 느끼고

사람들과 소통하고

그렇게 힐링할 수 있다면 좋은 거 아닌가.

> 좋은 곳에 가서 좋은 음식을 먹고 좋은 추억 많이
> 만들고
> 예쁜 사진도 많이많이 찍고

인스타그램에도 꼬박 꼬박 업로드 하자.

예쁜 사진들은 지금 이 순간 내가 행복한 삶을 살

고 있다는 증거니까.

"사람들이 SNS는 인생의 낭비래요."

"그래? 낭비든 뭐든 내가 행복하면 그만이지."

외롭고 심심하면,
움직여라

"나이가 든다는 건 참 슬픈 일인 것 같아.

친했던 친구들도 뿔뿔이 흩어져 1년에 얼굴 한 번 보기가 힘들고 새로운 친구를 사귀어보려고 해도 이제와 새로운 친구를 어디서 만나.

친구도 없고 애인도 없고 주변에 아무도 없는 것 같아서 요즘엔 참 외롭다는 생각이 많이 들어."

오랜만에 만난 친구가 한숨을 내쉬며 하는 말에

4 행복의 법칙

나는 깊이 동감했다.

한 살씩 나이가 들어가면서 나 또한 주변에 사람이 없다는 생각을 많이 했기 때문이다.

물론, 처음부터 내가 서울에 친구가 없었던 건 아니었다.

경남에서 학교를 다니긴 했지만
20대 때는 서울에 함께 올라온 친구들도 있었고
서울에서 사귄 친구들도 많았다.

나이가 들면서 친구들이 하나둘 고향으로 내려가거나
다른 지역으로 직장을 옮기거나 결혼을 하면서 자연스
럽게 얼굴 보기가 힘들어진 것일 뿐.

"나도 그래. 외롭고, 심심하고. 근데 뭐 어쩌겠어."

슬프지만 어쩔 수 없는 것이라 생각했다.

우리 나이대의 모든 직장인들이,
우리와 비슷한 삶을 살고 있을 거라고,
우리만 그런 게 아니니 너무 슬퍼하지 말자고
친구를 위로했다.

그리고 시간이 흘러 그 친구를 다시 만나게 됐다.

요즘 어떻게 지내냐는 내 물음에
친구는 나의 예상과는 전혀 다른 답을 했다.

"만날 사람이 너무 많아서 정신이 없어."

몇 달 전까지만 해도 친구가 없어 외롭다던
친구의 입에서 정반대의 답이 나와
처음에는 잘못 들었나 했다.

4 행복의 법칙

"돌이켜보면 나는 늘 나이 탓을 하고 살았던 것 같아.

친구가 없는 것도 나이 탓, 외로운 것도 나이 탓,

내 인생이 이렇게 재미없는 것도 나이 탓,

그때의 나는 전부 나이 때문이라고만 생각했어."

나 또한 그랬다.

이 모든 건 나이 때문이라고.

"그런데 그게 아니더라.

내가 친구가 없었던 건 나이가 들어서가 아니라

내가 집 안에만 있으려고 했기 때문이었어."

친구는 최근에 사진 모임에 가입을 했다고 한다.

거기서 만난 친구들과 주말마다 좋은 곳에 가서

사진도 찍고 맛있는 음식도 먹는다고 했다.

그리고 지난주에는 바리스타 학원을 등록해서

요즘 직장에 다니랴, 모임을 하랴, 학원을 다니랴,

정신없이 바쁜 일상을 보내고 있다고 했다.

머리를 크게 한 방 맞은 것만 같았다.

친구가 없다고 푸념을 하면서도

새로운 사람을 만나는 건 귀찮고

방 안에 가만히 앉아서 외롭고, 심심하다고,

신세를 한탄하면서도 정작 집 밖에 나가는 건 싫고.

나는 언제나 이런 식이었다.

지금 내 인생이 이렇게 재미가 없고

내 주변에 이렇게 친구가 없는 건

나이가 들어서가 아니라,

내가 아무런 노력을 하지 않았기 때문이 아닐까.

4 행복의 법칙

달라진 친구를 보면서

나도 이제는 조금 바뀌어져 봐야겠다는 생각을 했다.

나는 왜 친구가 없을까,

내 인생은 왜 이렇게 재미가 없을까,

하는 우울한 생각들 대신,

오늘은 어떤 새로운 곳에 가볼까,

오늘은 어떤 재미있는 일을 하면서 시간을 보낼까,

하는 생각들에 더 집중을 해봐야겠다.

스무 살 때부터 꽤 많은 사람들을 만나며
연애를 쉬어본 적이 없었다.

사랑하는 사람과 좋은 곳에 가서 좋은 음식을 먹고,
아름다운 풍경을 감상하고, 하루 종일 그 사람 생각을
하고, 그 사람과 이야기를 하는 것은 행복한 일상이
었다.

연애를 할 때의 나＝행복한 사람이었고

연애를 하지 않을 때 나＝행복하지 않은 사람이었다.

연애를 하면 행복하니까,

행복해지기 위해서는 연애를 계속 해야 한다고 생각했다.

그러다 서른이 되었고 이직을 준비하며

어쩔 수 없이 연애를 잠시 쉬게 된 적이 있었다.

내 옆에 아무도 없다는 게,

둘이서 함께 하던 걸 이제는 혼자 해야 한다는 게,

매일 연락을 주고받던 사람이 이제 없다는 게,

처음에는 조금 낯설고 이상했는데

시간이 지나면서 그런 일상에 나는 점점 익숙해져갔다.

공부를 하다 집중이 안 될 땐 혼자 산책을 하고,

카페에 가서 커피를 마시고,

좋아하는 영화를 보며 시간을 보냈고,

주말에는 친구들을 만나 쇼핑을 하고,

맛있는 걸 먹으며 수다를 떨었다.

그때 알게 됐다.

　행복이라는 건,

　다른 사람에 의해 만들어지는 게 아니라

　나 자신에게서 발견해내는 것이라는 걸.

연인이 없어도,

연애를 하지 않아도,

나는 혼자서도 충분히 행복해질 수 있는 사람이라는 걸.

누군가에 의해 만들어진 행복은 그 사람이 없어지면 사라져버리고 말지만 나에 의해 만들어진 온전히 내 것인 행복은 영원히 사라지지 않는다.

스스로 행복해지자.

　　　　　　　　　　　4 행복의 법칙

간
절
히

원
하
면

대학생 때, 노트북 화면이 갑자기 꺼지는 바람에

작업하고 있던 글의 절반이 날아가버린 적이 있었다.

중간고사 대체 과제로 제출해야 할 단편소설이었다.

정말 순식간에 일어난 일이었다.

일주일 내내 고민하고 생각하며

드디어 작업의 막바지에 접어들었는데

갑작스러운 사고로 인해

몇날 며칠을 쏟아부은 창작물이 날아가버리니

그야말로 하늘이 무너지고 세상이 무너지는 것 같은

기분이었다.

과제 제출 시간까지는 4시간 정도가 남아 있었지만

글이 날아가버렸다는 허탈감 때문에

아무것도 하기 싫었고 아무 생각도 하고 싶지 않았다.

그렇게 30분간 멍하니 한글 파일의

흰색 화면만을 바라보고 있었던 것 같다.

F F F F F F F F F F F F

멍했던 정신이 점점 현실 세계로 돌아오면서

내 머리 위로 알파벳 F가 둥실둥실 떠올랐다.

'이대로 과제를 제출하지 않으면 나는 F다.'

'이 수업에서 F를 받으면 나는 졸업을 하지 못한다.'

절망스러웠지만 나는 다시 키보드를 두드리기 시작했다.
그렇게 다시 한 자, 한 자, 글을 쓰기 시작했는데
놀랍게도 조금씩, 조금씩, 예전에 썼던 글이 떠올랐다.

일주일 동안 공들여 쓴 글을
단, 4시간 만에 복구하는 건 불가능한 일이었지만
어렴풋이 재현해낼 수는 있었다.

절박함은 기적을 일으킬 수 있는 원동력이라는 말을
어디에선가 들었던 적이 있다.

맞다. 나는 그날 기적을 경험했다.

절망적인 순간에도 포기하지 않고
과제를 마무리하기 위해 애썼다.

그 결과, 정해진 시간 안에 소설 창작 과제를 제출할
수 있었고 나는 F를 받지 않았다.
그리고 무사히 그해 졸업을 할 수 있었다.

나는 못 해,
나는 할 수 없어,
나한텐 너무 벅찬 일이야,
라고 좌절하고 절망했지만
그 좌절과 절망을 딛고 결국 나는 해냈다.

그리고 그날 깨달았다.

간절히 원하면,
그 절박함만으로도 온 우주의 힘이

나를 도와준다는 것을.

"오늘 출근길에 기분이 너무 꿀꿀해서 나를 위해 꽃을
한 송이 샀어."

같이 일하는 동료 직원이 꽃을 한 송이 들고 오길래
웬 꽃이냐고 물었더니 이런 대답이 돌아왔다.

곰곰이 생각해보니 이런 일이 처음은 아니었다.
그녀는 평소에도 이런 말을 자주 했다.

"나를 위해 오늘 저녁은 맛있는 걸 먹어야겠어."

"한 주간 힘들었으니 이번 주말엔 나에게 옷 한 벌을 선물할 생각이야."

"어제 퇴근하는데 갑자기 울적해서 나를 위해 귀걸이를 선물했어."

처음에는 살짝 특이한 사람이라고 생각했다.

생일도 아닌데 무슨 선물을 저렇게 자주 해?

그것도 자기 자신한테?

얼마 지나지 않아 알게 됐다.

그녀는 특이한 사람이 아니라

누구보다

반짝반짝 빛나는 인생을 살고 있는 사람이라는 걸.

사람은 누구나 행복해지고 싶어 하고

매 순간 나의 인생이 반짝반짝 빛나기를 바란다.

하지만 야속하게도 우리의 인생은

우리가 바라고 원하는 대로만 되지는 않고

그 과정에서 우리는,

내 인생은 왜 이 모양일까,

왜 나에게만 이런 일이 생길까,

왜 나만 이렇게 불행한 걸까, 하고

스스로를 원망하게 되기도 한다.

그러다 보면 몸과 마음이 점점 병들어가고

방치하면 방치할수록 하나뿐인 소중한 내 인생이

점점 피폐해지고 불행해진다.

그런 날에는 자신만의 '행복해지는 방법'을 찾아야 한다.

거창하지 않아도 된다.

좋아하는 노래를 듣는다거나, 친구와 통화를 한다거나,
맛있는 음식을 먹는다거나, 작은 것이라도 자신을 위
한 선물을 한다거나, 기분을 전환할 수 있는 무언가를
찾아서 하는 것이 중요하다.

인생을 살아가면서 당신에게는 간혹 힘든 순간이 찾아
올 수 있다.

예상치 못한 일들로 마음고생을 하게 될 수도 있고
당신의 마음을 알아주지 않는 누군가로 인해 상처를
받게 될 수도 있다.

당신 뜻대로 되지 않는 일도 있고
잘하려고 할수록 이상하게 일이 꼬이고
당신의 의지와 관계없이 벌어진 문제로 인해
힘들고, 지치고, 울적하게 될 수도 있다.

하지만 무너지지 말고, 좌절하지 말고, 포기하지
말고, 최선을 다해 스스로 행복해지는 방법을 찾기
를 바란다.

매 순간 행복하고 매 순간 반짝반짝 빛나진 않더라도

당신이 살아가는 대부분의 날들이
행복하고 반짝반짝 빛나는 인생이기를.

지
금
처
럼

조카와 과자를 사러 갔다.

포장만 화려하고 왠지 맛이 없을 것 같은 과자를 조카

가 고르길래

"영민아, 그거 맛없는 거야. 다른 거 사자."

라고 했는데,

왠지 결연해진 눈으로 조카는 자기가 고른 과자를 품

에 꼭 안았다.

4 행복의 법칙

"아니야, 이거 살래."

"그거 맛없다니까?"

"영민이는 이게 맛있어. 영민이 거 사는 거니까 영민이
가 고를래."

너무 단호해서 반박할 말을 찾지 못했고
결국 조카가 고른 과자를 샀다.

집으로 돌아온 조카는 자기가 고른 과자를 맛있게 먹
었고 그 모습을 보며 나는 괜히 미안한 마음이 들었다.

우리 영민이가 앞으로도
이렇게 잘 자라주었으면 좋겠다.

다른 사람이 대신 선택해주는 삶이 아닌,
스스로 선택하는 삶을 살았으면 좋겠고
다른 사람이 좋다고 하는 일이 아닌,

스스로 좋아하는 일을 하며 살았으면 좋겠다.

지금처럼.

이
순간을
즐기자

"나도 이제 나이가 들어가나 봐."

20대 때까지만 해도 안 그랬는데
30대에 접어들면서부터 나이에 대한 이야기를
자주 하게 된다.

입맛이 점점 변해갈 때,
몸의 어딘가가 아플 때,

부쩍 눈물이 많아진 것 같을 때,

전보다 살이 찌거나 살이 빠졌을 때,

거울 속에 비친 내 얼굴이 왠지 푸석푸석해 보일 때,

예전과는 다른 내 모습을 하나둘씩 발견할 때마다

나도 이제 나이가 든다는 생각에 심란하고 우울해지곤

한다.

내 경우엔 나이가 들면서 눈밑에 기미가 생기고

뱃살이 조금 쪘는데 한때 그게 진짜 스트레스였다.

이게 다 나이 때문인가, 싶어서.

그래서 한동안 피부과 치료를 받고

피부에 좋은 영양제 같은 걸 챙겨 먹었다.

살을 빼기 위해 운동도 진짜 열심히 했다.

4 행복의 법칙

그렇게 몇 달이 지나자

얼굴에 기미가 사라지고 뱃살도 많이 빠졌다.

하지만 나에게는 새로운 고민이 생겼다.

살이 빠지면서 얼굴에 팔자주름이 생겼기 때문이었다.

나는 또다시 스트레스를 받기 시작했다.

이게 다 나이 때문이야, 하면서.

다시 젊어지고 싶었고

20대 때와 너무도 달라진 내 모습을 바라볼 때마다

괴로웠다.

그러던 어느 날, 초등학교 동창회를 가게 됐다.

오랜만에 만난 친구들은 많은 게 달라져 있었다.

통통했던 볼살이 사라진 친구, 머리에 새치가 생긴 친구,

눈가에 주름이 생긴 친구 등등.

하지만 우리는 마치 약속이라도 한 듯
서로가 서로에게 이런 말을 했다.

"와, 너는 진짜 하나도 안 변했다."라고.

　세월이 흐르며 외양은 변했으나
　다른 건 모두 그대로였기 때문이다.

유난히 장난기가 많았던 친구, 조용하고 차분했던 친구,
재미없는 이야기에도 잘 웃어주던 웃음이 많았던 친구.
다 그대로였다.

그날, 집으로 돌아오며 나는 많은 생각을 했다.

나이가 든다는 건 이상한 일이 아니다.

사람은 누구나 나이가 들고

세월이 흐르며 외모나 생김새 등이 변하는 건

아주 당연하고 자연스러운 일이다.

진짜 슬픈 건, 나이에 숫자가 하나씩 추가되는 게 아니라

"나는 늙었어."라는 생각에 사로잡혀

하루하루를 우울하게 살아가고 있는

지금 이 순간이 아닐까.

조지 번슨은 말했다.

당신은 나이만큼 늙는 것이 아니라, 당신의 생각만큼

늙는 것이다.

　　바꿀 수 없는 것들을 아쉬워하지 말고

　　지금 이 순간을 즐기자.

흐르는 시간은 어쩔 수 없지만,

나이와 상관없이 나의 인생은 소중하고
지금도 충분히 나는 행복해질 수 있다.

"어쩔 수 없지 뭐."

무책임한 말이라고 생각해서 예전에는 잘 쓰지 않았는데 최근 들어 종종 이 말을 쓰곤 한다.

한때 나에게는 무엇이든 잘해야 한다는 강박관념이 있 었다.

학교에서는 꼭 좋은 성적을 받아야만 하고
회사에서는 프로젝트를 성공적으로 마무리해야만 하고
바라고 원하는 일이 있으면 그 일을 해내야만 직성이
풀리곤 했다.

그래서 공부를 열심히 했는데도 성적이 안 좋거나
몇날 며칠을 준비한 프로젝트에 차질이 생긴다거나
내가 하고자 하는 일을 완벽하게 해내지 못했을 땐
엄청나게 스트레스를 받곤 했다.

'잘하고 싶다'는 생각 때문에 언제나 밤잠을 설쳤고
'잘하지 못하면 어떡하지' 하는 걱정 때문에
늘 전전긍긍했다.

수천 번을 낙담하고 좌절하며
꽤 오랜 시간을 흔들리고 나서야 깨닫게 된 게 있다.

4 행복의 법칙

내가 아무리 열심히 해도

때로는 운이 안 좋을 수도 있고

예기치 못한 상황이 발생할 수도 있다는 걸.

그건, 내 잘못이 아니라는 걸.

그래서 이제는 한숨 한번 내쉬고

훌훌 털어내는 법을 배워보려고 한다.

내가 아무리 전전긍긍해봤자

일어날 일은 일어나게 되어 있고

이미 일어난 일은 결과가 바뀌지 않는다.

노력한 만큼의 결과가 나오지 않아 아쉽지만

"어쩔 수 없지."

"괜찮아."

"다음에 더 좋은 기회가 있겠지."

빨리 체념하고 넘겨버리려고 한다.

그리고 지금 이 글을 보고 있는 당신도 그랬으면 좋겠다.

운이 조금 나빴던 것뿐, 당신의 노력이 부족했던 게 아니다. 자책하거나 좌절하지 말았으면 좋겠다.

최선을 다한 당신에게는 반드시 더 좋은 기회가 찾아올 것이다.

대학 시절,

중간고사는 망하고

남자친구와 헤어지고 공모전에 떨어지고

세상에서 내가 제일 불행하다고 생각했던 때가 있었다.

알고리즘에 이끌려 유튜브에 있는 〈행복해지는 방법〉

이라는 제목의 영상을 보게 됐다.

영상의 길이가 꽤 길었는데 요약을 하면

매일 자기 자신에게 긍정적인 말을 해주면

그 말에 따라 행복한 일이 생길 거라는 내용이었다.

행복해지고 싶은 마음이 간절했기 때문에

지푸라기라도 잡는 심정으로 영상을 따라해보기로 했다.

"기말시험에는 더 좋은 성적을 받을 수 있을 거야."

"나에게는 더 좋은 사람이 나타날 거야."

"다음 공모전에는 입상할 수 있을 거야."

유튜브 영상에 나오는 것처럼 나는 매일

나 자신을 향해 긍정적인 말을 했다.

긍정적인 말이 긍정적인 바람을 불어와

나에게도 좋은 일이 생기길 바라면서.

하지만 그렇게 했는데도

4 행복의 법칙

기말시험은 망하고

나에게 좋은 사람은 나타나지 않았고

야심차게 준비했던 공모전에서는 예선 탈락했다.

어제도 불행했고,

오늘도 불행하고,

내일도 불행할 것만 같았다.

내 인생은 왜 이 모양일까, 방구석에 누워서

한참 신세 한탄을 하며 우울해했다.

그러다 문득 배가 고파 밥을 먹었는데 밥이 너무 맛있

었다. 그 순간 우습게도 이런 생각이 들었다.

이 와중에도 밥이 맛있는 걸 보면

나는 정말 행복한 사람이구나, 하는 그런 생각.

내가 불행했던 건,

시험 성적이 좋지 않아서가 아니라,

남자친구가 없어서가 아니라,

공모전에 떨어져서가 아니라,

내가 자꾸 나를 불행한 사람이라고만 생각해서

가까이에 있는 행복을 찾지 못했기 때문이었다.

시험 성적을 잘 받고,

좋은 사람을 만나고,

공모전에 입상하는 건 중요하다.

하지만 그것만을

행복해질 수 있는 수단으로 생각하지는 말자.

행복은, 내가 좋은 성적을 받고

좋은 사람을 만났을 때만 찾아오는 것이 아니다.

내가 바라고 원한다면

지금 이 순간에도 나는 충분히 행복해질 수 있다.

4 행복의 법칙

"행복한 삶을 위해선 어떻게 해야 할까?"

"지금 이 순간 행복한 사람이 되어야지."

잠깐의 휴식

회사 일이 바빠서 매일 야근을 해야 했을 때가 있었다.
잠을 못자서 아침에는 항상 코피가 났고
스트레스로 인해 탈모가 오기도 했다.

그래서 그 당시 내 소원은 '돈 많은 백수'가 되는 거였다.
돈이 생기면 당장 회사를 때려치울 거라 이를 갈고 있
었다.

그러던 차에 몇 년 전에 들어놨던 적금 만기일이 되었고

어느 정도 돈을 모았다고 생각한 나는 그 길로 곧장 회

사를 그만두었다.

돈이 많진 않았지만 아무튼 나는 소원했던 대로 백수

가 되었다.

백수가 되고 첫 달은 정말 행복했다.

새벽까지 밀린 예능을 보거나 게임을 하다가

다음 날 오후가 되어서야 느지막이 일어나 밥을 먹고

카페에서 시간을 보내다가 저녁이 되면 친구를 만나러

갔다.

회사를 다닐 때와는 달리 잠을 잘 자니 컨디션은 항상

좋았고 스트레스 받을 일이 없으니 탈모도 저절로 완

치가 되었다.

매일매일이 행복한 나날의 연속이었고

당분간은 이렇게 백수로 지내야겠다는 다짐을 했다.

그런데 백수 생활 두 달 차에 접어들면서부터
조금씩 문제가 생기기 시작했다.

카페에서 홀로 커피를 마시는 일도 무료했고
혼자 먹는 밥도 맛이 없었다.
매일 친구를 만나는데도 한계가 있었고
돈은 점점 떨어져 갔고
나 혼자 집에서 놀자니
이제는 예능 프로를 봐도 재미가 없고 게임을 해도 재
미가 없었다.

나의 하루는 지루했고, 시간은 너무 느렸으며,
나는 따분하지 않은 무언가가 하고 싶어 몸이 근질거
릴 지경이었다.

그제야 알 것 같았다.

　무언가를 해야 했을 때보다

　아무것도 하지 않는 지금이 더 괴롭다는 것.

나는 돈 많은 백수가 되고 싶었던 게 아니라

그저 잠깐의 휴식이 필요했을 뿐이었다는 것을 말이다.

따뜻한 세상

카페에서 근무를 했을 때

손님에게 나가야 할 음료를 잘못 만든 적이 있다.

바쁜 시간대라 실수한 것도 모르고 있다가

뒤늦게 그 사실을 알고 손님을 찾았으나

손님은 이미 매장을 나간 뒤였고

나는 찝찝한 마음을 가진 채 다시 일을 할 수밖에 없었다.

그런데 얼마 후,

바쁜 시간이 지나고 아무 생각 없이 고개를 돌리는데
아까 음료를 잘못 받아 가신 손님이 약간 인상을 쓴 채
로 매장 안으로 들어오고 있는 게 보였다. 음료가 잘못
된 걸 알고 다시 돌아온 거였다.

그 순간 내 머릿속에는 오만가지 안 좋은 생각들이 떠
오르기 시작했다.

손님이 화가 많이 난 거 같은데 어떡하지?

사과를 하면 받아줄까? 안 받아주면 어떡하지?

점장님을 불러오라고 하면 어떡하지?

본사에 컴플레인 글을 올리면 어떡하지?

지레 겁을 먹고 온갖 걱정을 다했는데

막상 내 앞으로 다가온 손님은 나에게 화를 내지도 않
았고 점장님을 찾는 일도 없었다.

죄송하다고 사과를 하자 괜찮다고 선선히 웃어주었고
그런데도 내가 계속 미안한 기색을 보이자
미안하면 음료를 더 맛있게 만들어주면 된다고
도리어 나를 격려해주기도 했다.

걱정했던 게 무색할 정도로 내가 상상했던 안 좋은 일은
단 한 차례도 일어나지 않았고
오히려 이처럼 너그러운 손님을 두고 그런 안 좋은 상
상을 했다는 게 나는 너무 부끄럽고 죄스러웠다.

살다 보면 누구나 실수를 한다.
의도하지 않아도 언제 어떻게 실수를 하게 될지 모른다.
우리는 모두 불완전한 존재이므로 누구나 그럴 수가
있다.

실수를 반성하는 것은 좋지만
필요 이상으로 자책하지는 말자.

4 행복의 법칙

내가 생각하는 만큼 최악의 일은

일어나지 않을 가능성이 더 높다.

그리고 우리의 주변에는 우리의 실수를 따뜻하게 감싸

안아줄 수 있는 좋은 사람들이 더 많이 있다.

세상은 때때로 깨우쳐주곤 한다.

머리는 항상 최악을 상상하지만

내가 살아가는 세상은

내가 상상하는 것보다 훨씬 더 따뜻한 곳이라는 것을.

때로는
참지 말고
화를 내자

사회생활을 하다 보면 종종 참으라는 말을 듣는다.

그냥 무시해.

저 사람 원래 저런 거 알잖아.

뭐 하러 일일이 반응을 해.

화내면 너만 손해야.

쓸데없는 데 감정 낭비하지 마.

과연 그럴까?

누군가 은근히 나를 돌려 깔 때,

앞에서는 친한 척 뒤에서는 몰래 나의 뒷담화를 할 때,

이유 없이 차별하고 따돌릴 때,

어차피 돌이킬 수 없는 일이니 나는 참아야 하는 걸까?

아니, 무조건 참는 것만이 능사가 아니다.

따져야 할 게 있으면 따지고

화를 내야 할 상황이 있다면 화를 내야 한다.

왜 나를 미워하는지,

왜 나에 대해 안 좋은 이야기를 퍼트리고 다니는지,

따지지 않으면 그 사람은 자신의 행동이 잘못된 걸 모

른 채 앞으로도 계속 나를 깎아 내리고

나에 대한 유언비어를 퍼트리고 다닐 것이다.

무엇보다 그렇게 계속 참다 보면 마음의 병이 생긴다.

문제를 외면하고 덮어버리면 귀찮은 일에 휘말리지 않을 수 있다.

하지만, 귀찮은 일에 휘말리지 않는다 해서 마음에 생긴 상처가 사라지는 건 아니다.

참지 말고 터트리자.
마음에 생긴 상처는 제때 치료하지 않으면 더 큰 흉터를 남기기 마련이다.

무
조
건

양
보
하
지　말
자

"토끼야, 그 수업 나한테 양보해줄 수 있어?"

대학교 때 어렵게 수강 신청에 성공한 수업을
자신에게 양보해달라는 선배가 있었다.

그 수업은 학생들 사이에서 인기가 많은 수업이어서
이번에 듣지 못할 경우 다음 학기에 들을 수 있을지
장담하기 어려운 수업이었다.

하지만, 선배의 부탁을 거절하기는 어려웠다.

"네. 저는 그럼 다른 거 듣죠 뭐. 하하."

눈물을 머금고 내 자리를 선배에게 양보해준 후
계획에 없던 다른 수업을 수강하게 되었고
이후 나는 졸업할 때까지 그때의 선택을 후회해야 했다.

우리나라에서 자란 사람들이 으레 그렇듯
나는 어릴 때부터
양보를 잘 해야 한다는 교육을 받으며 자라왔다.

"너보다 어린 아이에게는 양보를 해야 한다."
"너보다 나이가 많은 사람에게는 양보를 해야 한다."
"너보다 약한 사람에게는 양보를 해야 한다."
"너보다 안타까운 사람에게는 양보를 해야 한다."

때문에, 나는 늘 양보를 해왔다.

학교에서, 학원에서, 직장에서, 모임에서,

오롯이 나의 노력으로 성취한 기회를 양보하고

나에게 주어진 자리를 양보하고,

소중한 시간을 양보하고,

바보처럼 늘 양보만 하고

뒤에서는 늘 후회를 했다.

그렇게 해서 나는 '착한 사람'이라는 호칭을 얻었고

그 호칭을 얻는 대신 내게 주어진 무수한 기회들과

되찾을 수 없는 소중한 시간들을 잃었다.

그때 양보하지 않았다면,

그때 다른 누군가를 위해 희생하지 않았다면,

놓쳐버린 기회들과 지나버린 시간들을

지금 이렇게 후회하지 않아도 됐을 텐데.

4 행복의 법칙

많은 시간이 흐른 지금에야 마주하게 된 현실이
너무 뼈아프지만 이제라도 나는
내 것을 지키는 사람이 되려고 한다.

100% 나의 노력과 실력으로 힘들게 얻은 기회의 순간들,
나를 위해 주어진 나만의 자리, 나만의 시간들,
이 모든 것들을 이제는 온전히 나 자신을 위해 사용하
려고 한다.

누군가의 한마디에 쉽게 줘버리는
바보 같은 양보나 무조건적인 희생은 이제 없다.

이제는 타인에게 좋은 사람이 아닌, 나 자신에게
먼저 좋은 사람이 되고 싶다.

좋은 친구

오랜만에 연락을 해도 마치 어제 연락을 한 사이처럼
반갑게 나를 맞아주는 친구가 있다.

그동안 왜 연락을 하지 않았느냐고 서운해하지 않고
그래 너도 많이 바빴지, 하며 말하지 않아도
내 마음을 알아주는 친구.

오랫동안 연락을 하지 않아 인연이 끊길까

염려하지 않아도 되고
연락하고 싶을 땐 언제 어느 때든 부담 없이 연락할 수
있는 친구.

멀리 떨어져 있어 자주 만날 순 없지만
오랜만에 만나도 어색하지 않고 마음이 잘 통하는 친구.

함께 있을 땐 더 없이 즐겁고
함께하지 않아도
마음만은 연결되어 있는 것 같은 그런 친구.

지금 이 글을 보고 떠오르는 사람이 있다면
당신은 행복한 사람이다.

아무 대가 없이
당신이라는 존재를,
당신의 삶을,

당신의 모든 선택을,

응원해주고 지지해주는 좋은 친구가 곁에 있으니까.

4 행복의 법칙

잘 할 거고,

잘 될 거야.

오늘도,

내일도,

모레도.

얼마 전 고등학교 친구로부터 이런 메시지를 받았다.

— 토끼야, 잘 지내니?

　인스타그램에서 네가 쓰는 글 잘 보고 있어.

　네가 내 친구라는 게 너무 자랑스럽고

　한편으로는 그런 네가 너무 부럽다.

　꿈을 향해 달려가는 너의 삶은 무척 행복하겠지?

의외였다.

나는 오히려 친구를 부러워하고 있었는데.

30대가 되면서부터 결혼을 해서 가정을 꾸리고 있는
친구들이 부러웠다.

인스타그램에 신혼 생활을 즐기고 있는 사진이나
아이들과 함께 즐거운 한때를 보내고 있는 사진을 볼
때마다 너무 행복해 보이고 좋아 보였다.

메시지를 보낸 그녀 역시 내가 부러워하는
친구들 중 한 명이었다.

자신을 꼭 닮은 어여쁜 아이와 함께
행복한 일상을 보내고 있는 친구의 사진들이
인스타그램에 올라올 때마다 부러운 마음을 감출 길이
없었다.

나도 일찍 결혼했다면 저렇게 예쁘게 살고 있을 텐데.

행복하게 잘살고 있는 친구가 부러웠고
한편으로는 그런 삶을 살지 못하는 내 인생이 씁쓸했다.
그 친구와 비교해 지금 나의 삶이 너무 초라하고 보잘
것 없어 보여서.

그런데 그런 내 삶도 누군가의 눈에는
반짝반짝 빛나게 보일 수도 있다는 게
신기하고 놀라웠다.

그러고 보면 우리는 타인의 행복은 잘 알아보면서도
막상 본인이 가진 행복은 잘 모른 채 살아가는 것 같다.

사람은 원래 본인이 가지고 있는 것보다
본인이 가지지 못한 것에 대한 미련이 더 크다.

내가 가지지 못한 것을 가진 타인의 삶이 더 좋아 보이고

그들이 나보다 더 행복한 삶을 살고 있는 것처럼 보이고.

그래서 반짝반짝 빛나는 타인에 비해

나의 삶이 너무 초라하고 불행하게 느껴지는지도 모른다.

하지만 다른 사람들과 비교해

지금 나의 삶이 너무 초라하고 보잘 것 없어 보이고

아무것도 이룬 것 없는 것 같아 보인다 해서

너무 우울해하지 말자.

당신의 부정적인 생각은 사실이 아닐 수도 있다.

　　당신은 지금도 충분히 잘하고 있고

　　지금 그대로 반짝반짝 빛나고 있으니까.

마음속에 답이 있어

초판 1쇄 인쇄 2022년 12월 12일
초판 1쇄 발행 2022년 12월 16일

지은이 김민진(김토끼)
책임편집 조혜정
디자인 그별
펴낸이 남기성

펴낸곳 주식회사 자화상
인쇄,제작 데이타링크
출판사등록 신고번호 제 2016-000312호
주소 서울특별시 마포구 월드컵북로 400, 2층 201호
대표전화 (070) 7555-9653
이메일 sung0278@naver.com

ISBN 979-11-91200-71-3 03810